Begegnungen

Georg Sedlmaier

Begegnungen

Bibliografische Information der Deutschen Nationalbibliothek:
Die Deutsche Nationalbibliothek verzeichnet diese Publikation in der Deutschen
Nationalbibliografie; detaillierte Daten sind im Internet über
http://dnb.d-nb.de abrufbar.

3. erweiterte Auflage
© 2006 Georg Sedlmaier
Herstellung und Verlag: Books on Demand GmbH, Norderstedt
Titelbild: Georg Sedlmaier mit Waisenkindern im SOS Kinderdorf Ibagué in
Kolumbien, vor dem Casa Sedlmaier.
ISBN 10: 3-8334-2602-0
ISBN 13: 978-3-8334-2602-5

Inhalt

VORWORT zu BEGEGNUNGEN

mit großer Freude und Interesse habe ich Ihr Büchlein »Begegnungen« zur Kenntnis genommen. Herr Georg Sedlmaier hat über 25 Jahre die SOS-Kinderdörfer tatkräftig unterstützt und dies mit einem sehr persönlichen Einsatz und tiefen Verständnis für Kinder in Not überall auf der Welt. Darüber hinaus war es ihm immer ein Anliegen auch für eine gesunde Nahrung der Menschen Sorge zu tragen und sein diesbezüglicher Einsatz ist für mich bewundernswürdig.

Alles Gute im Leben kann nur dann bestehen, wenn Menschen mehr tun als man tun muss; dies war ein Leitsatz des Gründers der SOS-Kinderdorf Bewegung Hermann Gmeiner und wenige Menschen leben danach, aber Herr Georg Sedlmaier ist hier eine besonderer Proponent dieses Leitspruchs. Mit unglaublichem Verständnis und persönlichem Einsatz hat er immer mitgewirkt, dass Kinder im Rahmen des SOS-Kinderdorfes eine neue Heimat bekommen und wir danken ihm dies aus ganzem Herzen, insbesondere auch im Namen der Kinder und jungen Menschen, die in den verschiedenen Familienhäusern überall auf der Welt herangewachsen sind und die durch den persönlichen Einsatz von Georg Sedlmaier und seinen Freunden erbaut werden konnte.

Alles wirkliche Leben ist Begegnung und diese Begegnung ist ein besonderes Anliegen für Georg Sedlmaier, der auch immer wieder in diesen Begegnungen das Positive hervorstellt und über diese Begegnungen ein großes Verständnis für Kinder und junge Menschen in Not auf der ganzen Welt eingebracht hat. Die Welt wird leider durch negative Nachrichten immer in Atem gehalten und daher freue ich mich über das Projekt dieses Buches

Begegnungen, der dieser negativen Berichterstattung positive Begegnungen gegenüberstellt.

Mit meinem aufrichtigen Dank und besten Wünschen

Vorwort von Helmut Kutin, Präsident SOS-KINDERDORF International

»Lassen Sie doch den gestressten Bundeslandwirtschaftsminister wenigstens samstags in Ruhe!«

sagte mein damaliger Chef Peter Feneberg zu mir. Das war freundlich gedacht, anderseits wusste ich, wenn Ignaz Kiechle, der amtierende Bundesminister, zum Empfang kommt, kommen auch alle prominenten Allgäuer Politiker - und daran lag mir für das bevorstehende Ereignis.

Am 3. Mai 1984, einem Samstag Vormittag, sollte in Kempten eine Unterschriftenliste mit 10.895 Unterschriften zum Thema »Sterbende Bäume in Allgäuer Städten« öffentlich übergeben und eine Baumpflanzaktion, für die 27.800,00 DM gesammelt worden waren, initiiert werden.
Gleichzeitig wurde eine Ausstellung mit 500 aufrüttelnden Fotos eröffnet, die das Ergebnis eines allgäuweiten Wettbewerbs zum Thema »Baumsterben« waren.

Ich hatte als Initiator die Begrüßung und eine kleine Ansprache zu halten. Alles schaute nun in der Eingangzone des Kaufmarktes auf mich. Das Publikum, das sich versammelt hatte, die Zeitungsleute, Vertreter des lokalen Rundfunksenders, Abgeordnete, der Oberbürgermeister und andere Honoratioren und - Ignaz Kiechle, der Bundesminister.
In der rechten Hand hielt ich mein Redekonzept. Es gab kein Rednerpult. Das Konzept zitterte, weil meine Hand zitterte. Meine Aufregung war groß, ich drückte die zitternde Hand an meine Brust. Es half nichts, ich zitterte weiter.

Ich hörte Ignaz Kiechle, der neben mir stand, leise zu mir sagen:
»Vor mir brauchen Sie keine Angst zu haben.«

Die freundlich schelmische Bemerkung des Ministers beruhigte mich. Ich schaffte meine Rede. Die Fotoausstellung wurde feierlich eröffnet und ging dann als Wanderausstellung durch viele Allgäuer Städte

»Wer ein solches Kind um meinetwillen aufnimmt, der nimmt mich auf...«,

zitierte Ignaz Kiechle am 7. Juni 1986 Jesus' Worte aus der Bibel.

Anlass meiner zweiten Begegnung mit dem Minister war die von mir geplante 100.000,00 DM-Aktion zugunsten des SOS Kinderdorfes in Ibagué/Kolumbien.

Ignaz Kiechle war bereit, die Schirmherrschaft für meine SOS Kinderdorf-Aktivitäten zu übernehmen, die dadurch mehr Beachtung fanden und höhere Sammelergebnisse brachten.

Als wir statt 100.000,00 DM über 250.000,00 DM Spendenergebnis vorweisen konnten, reagierte Ignaz Kiechle spontan: »Ich möchte nicht mit leeren Händen dastehen«, sagte er

und wurde im März 1987 treuer SOS-Pate und spendete bis zu seinem Lebensende größere und mittlere Geldbeträge für »unsere« sieben SOS Familienhäuser.

»Für Ihre Sicherheit können wir nicht garantieren!«

meinten kolumbianische Regierungsvertreter. Ignaz Kiechle ließ sich davon nicht abhalten, »unser« SOS Kinderdorf Ibagué in Kolumbien zu besuchen. Er wollte die SOS Familienhäuser »Casa Sedlmaier« und »Casa Feneberg«, sein Patenkind Mercedes und die anderen über 150 Waisenkinder mit eigenen Augen sehen.

Ignaz Kiechle wusste nicht, dass ich seinen geplanten Besuch dem Kinderdorf mitgeteilt hatte. Nun empfingen ihn alle Waisenkinder mit Gesang und Tanz, deutsche und kolumbianische Fähnchen schwenkend. Der Gouverneur, der Erzbischof, der Oberbürgermeister, und der Stadtrat von Ibagué begrüßten Ignaz Kiechle, den deutschen »Patenonkel«. Die Nationalhymnen wurden gespielt und die Länderfahnen gehisst. Ignaz Kiechle hielt eine Ansprache, besuchte die Familienhäuser und ging mit Mercedes, »seiner« Patentochter, in der Stadt spazieren.

Beim Abschied flossen Tränen. Ignaz Kiechle erzählte mir später auf seinem Allgäuer Bauernhof von dem Besuch.

»Cilly, ich muss es dir zeigen«, begeisterte er seine Frau, die bei uns saß, »das zu erleben ist viel besser, als es beschrieben zu bekommen!«

Irgendwann fragte ich ihn einmal, was seine Höhepunkte in 10 Jahren als Bundesminister gewesen seien. Seine Antwort kam schnell und spontan:

»Die deutsche Wiedervereinigung am Kabinettstisch zu erleben – und der Besuch bei den Waisenkindern in Ibagué.«

»Er hat mehr Verstand und Gefühl im Kopf als 99,9 Prozent aller Akademiker in der Bundesrepublik«,

sagte der damalige Bundesfinanzminister und CSU Vorsitzende Theo Waigel in seiner Laudatio zum 60. Geburtstag von Ignaz Kiechle im März 1990. Theo Waigel schätzte Kiechle als einen Politiker von internationalem Format, der selbst Männer wie Michael Gorbatschow beeindruckt habe.

»Dass der Milchbauer aus Kempten-Reinharts seit sieben Jahren im vielleicht schwersten Jahrzehnt der Agrarpolitik als Minister an der Spitze steht, ist ein Segen gewesen für unsere Heimat«, hieß es weiter in Waigels Geburtstagslaudatio.

Im Rückblick auf sein politisches Leben haben viele seiner ehemaligen Widersacher erkannt, »dass er in schwierigen Zeiten mit der Milchquotenregelung – einer Mengensteuerung der Überproduktion bei der Milch – das Bestmögliche für seine Landwirte herausgeholt hatte.«

Dass mancher politischer Kummer, der ihm bereitet wurde, nicht spurlos an Ignaz Kiechle vorbei gegangen war, erklärte er mir einmal so: »Es waren die Frustessen nach nächtelangen EU-Verhandlungen in Brüssel, die zu meinem Übergewicht geführt haben.«

»Ihre Vorstellungen zum Thema halte ich für sehr gut!«

schrieb mir Ignaz Kiechle in einem Brief am 8. April 1997, als ich ihm die Ziele der »Interessengemeinschaft FÜR... gesunde Lebensmittel e. V.« mitteilte und war bereit, auch hier die Schirmherrschaft zu übernehmen.

»Aber die Arbeit«, sagte er, »die müssen schon Sie machen.«

Die IG FÜR... will, dass Lebensmittel auch zukünftig »Mittel zum Leben« bleiben und setzt sich unter anderem für ehrliche Kennzeichnung ein, für Bewusstseinsbildung und für Ernährungslehre in Grund- und Hauptschulen.

Dreimal besuchte er mich in Fulda, hielt Ansprachen und nahm aktiv an den Fachtagungen teil. Einige seiner Ratschläge waren:

- »Bleiben Sie in der Mitte!«
- »Gute Kräfte stärken!«
- »Hohe Qualität des eigenen Produktes unter Verwendung einwandfreier Grund- und Rohstoffe.«

Einen Politiker, der vor der Wahl das gleiche sagte, wie nach der Wahl

schätzten die Menschen und wählten Ignaz Kiechle sechs mal in den Bundestag.

Auch Journalisten beeindruckte der kluge Mann, der ohne Abitur und Studium von seinem Metier mehr verstand als mancher Akademiker. Bei allem verriet er seine Herkunft als Bauernsohn aus Reinharts nicht, der mit beiden Beinen auf dem Boden stand und der in seinen Funktionen als Politiker und

Minister ein freundlicher Mensch geblieben war. Ich erinnere mich, dass er 2002 beim Einzug zur Eröffnung der Allgäuer Festwochen aus dem Prominentenblock ausschied, um mich zu begrüßen und ein paar Worte mit mir zu wechseln.

Als den freundlichen Menschen fand ich ihn auf vielen in den Medien veröffentlichen Fotos wieder, die ihn im Kreise seiner Familie zeigten mit seiner Frau Cilly, seinem Sohn und seinen drei Töchtern, mal die Geige spielend, mal fröhlich die Sense schwingend.

Ignaz Kiechle gehörte über 20 Vereinen an, sang 25 Jahre als Tenor im Lenzfrieder Kirchenchor und war 20 Jahre lang aktiver Feuerwehrmann.

1992 verlieh ihm die Stadt Kempten die Goldene Bürgermedaille.

»Enkelkinder sind das Schönste auf der Welt«,

hat er verschiedentlich zu mir gesagt, einmal bei einem Telefonat am Heiligen Abend.

Er hatte vier Enkelkinder, die ihm viel bedeuteten.

Wie sehr ihm Familie am Herzen lag, wurde für mich in einer Rede deutlich, in der er sagte:
»Ihr könnt das schönste Auto mit viel Chrom und PS besitzen, aber vergesst nicht, dass es niemals *Mama* oder *Papa* sagen wird.«

Mit solch bildreichen Redewendungen hatte er die Gabe, auch schwierige Belange »seinen« Bauern und Landwirten verständlich zu machen. Umso lauter und aufgeregter Versammlungen waren, um so ruhiger wurde er. Manches Sakko hat er allerdings bei schwierigen Themen »durchgeschwitzt«. Die Erhaltung der familiären bäuerlichen Landwirtschaft war ihm ein persönliches Anliegen. Mit den Protesten, als er in der Bundesrepublik und der Europäischen Gemeinschaft große Strukturreformen auf den Weg zu bringen hatte, verstand er zu leben. Aber als ihn »seine« Bauern einmal als »Judas« bezeichneten, verletzte ihn das persönlich sehr.

Zur 7. Jahrestagung der *Interessengemeinschaft FÜR gesunde Lebensmittel e. V.* konnte Ignaz Kiechle nicht nach Fulda kommen. Er war ernsthaft erkrankt.

Von seiner Tochter Andrea und seiner Frau wusste ich, dass er in den vergangenen Jahren einen Herzinfarkt und verschiedene Magenoperationen überstanden hatte, ihm die Ärzte jetzt aber nicht mehr wirklich helfen konnten. Im häuslichen Wohnzimmer auf seinem Allgäuer Bauernhof, der seit fast drei Jahrhunderten im Besitz der Familie ist, verbrachte er die letzten Monate seines Lebens. Sein Seelsorger hatte ihm beim Familiengottesdienst, der regelmäßig Donnerstag Abend im Wohnzimmer stattfand, gesagt: *»Nun sind Sie ganz in Gotteshand.«*

»Das weiß ich«, hatte Kiechle, dem das Sprechen immer schwerer fiel, leise geantwortet.

An einem Sonntag Vormittag verabschiedete ich mich von meinem zweifachen Schirmherrn und bedankte mich noch einmal für seine vielfältige ideelle und finanzielle Unterstützung.

Beim Vater-unser-Gebet nahm er fest meine Hand und drückte sie. Ich zeichnete ihm ein Kreuz auf die Stirne.

Am 2. Dezember 2003 erlöste ihn nach stundenlangen Kampf der Tod. Seine Familie war bis zum Schluss bei ihm.

In einem Abschiedsbrief, der ihm von seinen Enkelkindern ins Grab beigegeben wurde, malten sie ein Bild von ihm und schrieben dazu: »Was für ein schöner Opa!«

Die Beisetzungsfeier mit dem Großen Tedeum war wie eine Auferstehungsfeier. Viel politische Prominenz gab ihm am Samstag, den 6. Dezember 2003, mit ihrer Anwesenheit und Ansprachen ein ehrendes Gedenken und ließen seine Person in vielen Episoden aus seinem Leben wieder so lebendig werden, dass die Anwesenden in ihrer Trauer lachen konnten.

Den »Vollblutpolitiker von altem Schrot und Korn« nannte CSU-Chef Edmund Stoiber einen der großen Gestalter der deutschen Agrarpolitik, der sich mit seiner gradlinigen Art große Sympathie und viel Vertrauen erworben hat.

Auf seinem Sterbebild ist zu lesen: »*Sterben ist nur Übergang, ist nur Brücke, ist nur Portal in die unendliche Ewigkeit.*«

Ein Fotoalbum besonderer Art präsentierte der Kemptener Bürger und Handelsmanager Georg Sedlmaier als er MdB Ignaz Kiechle in seinem Kemptener Haus besuchte – Mai 1993 –

FREUNDE

Es gibt nur einen echten Luxus,
das sind die menschlichen Beziehungen...

Wenn ich unter meinen Erinnerungen die heraussuche,
die ihren köstlichen Geschmack behalten haben,
wenn ich die Bilanz der Stunden mache,
die in meinem Leben gezählt haben,
dann sind es mit Sicherheit solche,
die mir kein Vermögen der Welt verschafft hätte.
Die Freundschaft eines Mermorz, eines Gefährten kann
man nicht kaufen, mit dem gemeinsam bestandene Prüfungen
einen für immer verbinden.

Antoine de Saint Exupery

Vorneweg eine kurze Vita und ein kleines Credo

Die leicht angeschimmelten Haferflocken und andere Nöte in der an Entbehrungen reichen Nachkriegszeit haben sicherlich mit dazu beigetragen, dass ich heute noch manchmal die Angst spüre, Hunger leiden zu müssen. Es könnte sein, dass ich deshalb vorsichtshalber den Beruf eines Lebensmittelkaufmanns erlernte. Schon mit 21 Jahren war ich Leiter eines Supermarktes und damit - was den Hunger angeht - auf der sicheren Seite.

Geboren wurde ich im Dezember 1945 als Sohn selbständiger Edeka-Kaufleute in einer kleinen Klinik im niederbayerischen Gangkofen.

Schon im elterlichen Geschäft hörte ich von manchen unserer Kunden, wir wären mit unseren Preisen zu teuer. Ich hörte das ungern, und es blieb mir im Ohr. Gleich nach meiner Ausbildung machte ich mich auf die Suche nach der preiswerten, idealen Einkaufsalternative. Ich arbeitete bei *Edeka, Rewe, Feinkost Dallmayr,* im *DEZ Verbrauchermarkt,* bei *Feneberg Lebensmittel* im Allgäu, bei *tegut... gute Lebensmittel* in Fulda, in Super- und Verbrauchermärkten als Verkäufer, Filialleiter, Vertriebsleiter, Geschäftsführer und als Vorstandsmitglied. Überall begegnete ich Kunden, die meinten, wir wären zu teuer. Nur als Fachverkäufer bei *Feinkost Dallmayr* in München kam es nie zu preiskritischen Gesprächen mit den Kunden. Qualität, das wussten die Kunden und das wusste man bei *Dallmayr,* hat ihren Preis. *Dallmayr* war eben *Dallmayr.* So einfach war das.

Ich bin bis heute davon überzeugt, dass Qualität ihren Preis hat. Um hochwertige Lebensmittel nachhaltig für alle erschwinglich zu machen, muss Qualität im Zusammenhang mit vernünftiger Lebensführung und Gesundheit gesehen und verstanden werden. Dass hochwertige Lebensmittel kein Luxus, sondern das not-wendige Mittel zum Leben sind, dafür setze ich mich auf allen Ebenen ein, angefangen von ihrer Produktion über den Vertrieb bis hin zum Konsum. In diesem Sinne verstehe ich den Händler von Lebensmittel auch als Mittler im und für das Leben.

»Lernend arbeiten und arbeitend lernen« wurde zu meinem Lebensmotto. Der auch heute noch weit verbreitete Ausbildungskanon »erklären, vormachen, nachmachen und kontrollieren« war mir schon früh zu starr und unflexibel. Ich will und wollte »entdeckend lernen«.

Neue Lebensabschnitte, neue Firmen, neue Berufsaufgaben forderten von mir oft abrupt Neu- und Umorientierungen, denen ich mich stellte. Zur Erweiterung des geistigen Horizonts trugen wesentlich meine Studienreisen in die fünf Erdteile bei. Mein ehrenamtliches Engagement für *SOS Kinderdorf* Spenden zu sammeln, von denen bisher sieben Familienhäuser in verschiedenen Kontinenten finanziert wurden, und die von mir gegründete *Interessengemeinschaft FÜR... gesunde Lebensmittel e.V.*, in der Mitglieder aus über hundert Berufen vertreten sind, sorgten und sorgen für Vielfalt und Lebenssinn.

Dem Leben einen Sinn zu geben, ist mir als Christen tägliche Herausforderung und Lebensfreude. Zur tätigen Antwort auf diese Sinnfrage gehören in vieler Hinsicht meine Frau Marianne, unsere Töchter Bettina und Andrea, die Schwiegersöhne Engin-Gabriel und Stefan und die Enkelkinder Leonie, Gregor, Emanuel und Moritz. Sie alle sorgen im engsten Kreis der Familie für Entwicklung und Energie.

Begegnungen mit Menschen, die ihre Berufung entdeckt und glaubwürdig gelebt haben, ermuntern und können lehrreich sein. Über solche Begegnungen in meinem Leben möchte ich berichten. Sie haben vieles in mir angestoßen und zu meiner persönlichen Reifung beigetragen. Das möchte ich weiter geben.

Alles wirkliche Leben ist Begegnung - möge Ihnen das kleine Buch Freude bereiten und positive Nachdenklichkeit auslösen.

Das wünscht sich und Ihnen
Georg Sedlmaier

Jugendliche Begegnungen mit Bauern, Kühen, Schweinen und Hühnern

Mit sechzehn, siebzehn Jahren erlernte ich den Beruf eines Lebensmittelkaufmannes »von der Picke« auf, oder besser gesagt: »vom Acker« auf.

Meine Eltern verdienten sich ihren Lebensunterhalt mit viel Fleiß und einem Kaufhaus in einem kleinen abgelegenen Dorf in Niederbayern. Sie versorgten die fast ausschließlich bäuerliche Landbevölkerung mit allem, was zum Leben nötig war. Nachdem ich die Handelsschule in München abgeschlossen hatte, war es für das Geschäft meiner Eltern überlebensnotwendig geworden, neue Kunden zu gewinnen. Das wurde meine Aufgabe.

Wenn die Bauern zu wenig zu uns kommen, dachte ich, dann müssen wir halt zu ihnen gehen - und machte mich auf den Weg. Ich suchte die »Begegnung« – aber es war Sommer und auf den Höfen kein Bauer anzutreffen. Sie arbeiteten auf ihren Feldern und hatten keine Zeit für mich. Was tun?

Ich legte mir für die kilometerlangen Fußmärsche von Dorf zu Dorf eine Taschenlampe zu, packte ein kleines Köfferchen mit Warenmuster, sprach mir Mut zu und besuchte abends die Bauern im Stall beim Ausmisten und Füttern der Tiere. Ich hatte Erfolg. Der Umsatz von Zucker, Mause- und Rattenfallen, Zahnpasta, Seife und Maschendraht für Gartenzäune stieg. Meine Mutter zeigte mir, wie Vorhangstoffe auszumessen waren, für die ich ebenfalls Stoffmuster in meinem Köfferchen hatte.

Die Taschenlampe leuchtete ich mir oft heim, wenn ich meine abendlichen Verkaufstouren beendet hatte.

Mein Vater stellte tags darauf die bestellten Waren mit dem Auto zu.

Es ging bergauf, der Umsatz des elterlichen Geschäftes stieg, auch wenn mir hier und dort die Türe vor der Nase zugeschlagen wurde.

»Du bist doch nur ein kleiner Kramersohn – was bist du schon?!«

demütigte mich an einem Sonntagvormittag ein stolzer Bauer. »Ihr habt keine Kühe, keine Schweine, keine Hühner, keine Felder, keine Äcker - ihr habt nix«, setzte er nach.

Freundlich bleiben, hatten mich meine Eltern gelehrt. Ich schluckte. Aber dabei blieb es nicht. Ich war entschlossen, kein »Kramer« zu werden, sondern ein Kaufmann. »Ich werde einen Mercedes 300 fahren, und vom Empire State Building auf New York schauen«, sagte ich damals im Geiste zu dem Bauern. – Mercedes und New York, das schien mir 17jährigen Jüngling der Inbegriff von Erfolg zu sein.

Der Bauer hatte mich herausgefordert, und ich habe diese Herausforderung angenommen: mit 21 Jahren leitete ich einen Münchener Rewe-Supermarkt, mit 25 in Sonthofen/Allgäu einen modernen großen Verbrauchermarkt.

Eines Tages stand ich dann in New York mit meiner Frau vor dem Aufzug zum Empire State Building: Wegen Nebel geschlossen! Null Sicht.

Am nächsten Tag standen wir wieder vor dem Aufzug. Der Nebel hatte sich gelichtet für den herrlicher Blick auf New York. Wir strahlten.

Ich dachte an den »gscherten« Bauern von damals, bei dem ich mich eigentlich bedanken müsste.

Delikate Begegnungen in München

Herrliche Fassade mit breiter Schaufensterfront: *Feinkost Dallmayr*, der ehemalige Königlich Bayerische Hoflieferant, hinter dem Münchner Rathaus gelegen, wurde für mich zu einem Ort prägender Begegnungen. Als Verkäufer - später dann als Assistent des Chefeinkäufers Neuber - begegnete mir zunächst eine ungeahnte Fülle an Delikatesswaren aus aller Herren Länder.

Ich war noch keine 20 Jahre alt und stand unerfahren in der vielseitig sortierten Wein- und Spirituosenabteilung von Dallmayr. Ein älterer vornehm gekleideter Herr war mein erster Weinkunde. Leise, mir unverständlich murmelnd, nannte er eine französische Weinsorte. Sechs Flaschen orderte er, das hatte ich verstanden. Aber welchen Weines? Ich fragte nach - und verstand wieder nicht.

Der Kunde war verärgert über meine Unkenntnis und beschwerte sich bei Herrn Franze, dem Verkaufsleiter. Er wollte sechs Flaschen »Chateauneuf du Pape«. Das geht ja gut an, dachte ich bei mir, ließ es aber nicht dabei bewenden. Zusammen mit dem Dallmayr Kollegen Franz Schmeißer lernte ich die vielen Weinsorten, Namen und Anbaugebiete auswendig. Wir zeichneten Landkarten deutscher und europäischer Weinbaugebiete, in die wir uns vertieften. Wir wurden immer besser und konnten schließlich auch für besondere Festanlässe den richtigen Weintipp geben. Das hatte den zusätzlichen Effekt, das unser niedriges Gehalt durch manches Trinkgeld für gute Weinberatung aufgebessert wurde. Einmal schenkte mir ein zufriedener Kunde ein kleines Taschenmesser in Lederhülle – ich besitze es noch heute.

Während meiner Zeit bei Dallmayr wechselte ich in die verschiedenen Verkaufsbereiche. In der Wurstabteilung war ich unter lauter Verkäuferinnen der einzige Mann. »Von diesem jungen Mann möchte ich bedient werden!« sagte eine Dame an der Wursttheke. Ich kannte Marianne Koch als Filmschauspielerin, aber nicht als Wurstkundin. Nun wollte sie von mir bedient werden. Von mir, der gerade neu in die Wurstabteilung gekommen war! Alle Verkäuferinnen schauten auf mich. Wird er es richtig machen? Ich merkte, dass ich rot wurde und aufgeregt. Die berühmte Schauspielerin lächelte mich ermutigend an. Es gelang mir, sie korrekt zu bedienen und die Wurst- und Schinkenspezialitäten fachgerecht zu verpacken. Es war meine Feuertaufe in Sachen Wurst. Die Verkäuferinnen respektierten mich.

Irgendwann später sollte ich in die Frischfisch-Abteilung versetzt werden, hatte aber ein liebevolles Auge auf eine junge Verkäuferin in der Feinkostsalate- und Kalte-Buffet-Abteilung geworfen. Frischfisch passte nicht zu meinen Gefühlen. Ich hatte Sorge, dass der Fischgeruch meine Chancen bei der Kollegin in der Nachbarabteilung mindern, wenn nicht gar vereiteln würde. Es kam anders.

Kurzfristig wurde aus kaufmännischen Erwartungen an den Umsatz von der Geschäftsleitung das Sortiment im »Kalten Buffet« verdoppelt und die Abteilung vergrößert. Ich wurde als »Koch« für Kundenberatung eingekleidet. Zur Einarbeitung hatte ich sechzig verschiedene Feinkostsalate durchzuprobieren und deren Zutaten auswendig zu lernen. Beim Sechzigsten – Champignonsalat in Mayonnaise – wurde mir übel. Ich hatte in zu kurzer Zeit zu intensives Warenkundestudium betrieben.

Die Übelkeit war schnell überstanden. Da mich die glückliche Fügung statt zum Fisch in die Abteilung meiner heimlich angehimmelten Verkaufskollegin, gebracht hatte, fragte ich eines Abends Marianne beim Kassenabrechnen und Geldzählen möglichst beiläufig, ob sie auch so einen trockenen Mund habe. Hatte sie, und ich die »spontane« Idee, wir könnten im nahe gelegenen Weinlokal dagegen etwas tun und einen Pfälzer Wein trinken. Es war die erste von mehreren weinselig fröhlichen Begegnungen mit Marianne. Oft saßen wir auch in einem netten Kollegenkreis von Geschäftssöhnen und –töchtern zusammen, die bei Dallmayr ihre Ausbildungsstationen absolvierten.

Diese Kollegen gingen früher oder später ihrer Wege, - Marianne und ich den unseren. Sie wurde meine Ehefrau und die Mutter unserer Töchter.

Neben dieser entscheidenden Lebens-Begegnung hatte ich bei Dallmayr unzählige Kundenbegegnungen, Verkaufs- und Beratungsgespräche mit den »oberen Zehntausend«. Der damalige Ministerpräsident Franz Josef Strauß war ebenso bei Dallmayr Kunde wie Heinz Rühmann, Hildegard Knef und Lord Camerun. Meine damalige Kundin Marianne Koch ist übrigens heute eine bekannte ratgebende Fachärztin für Gesundheitsfragen. Vielleicht begegne ich ihr ja noch einmal. Dann werde ich nicht mehr rot.

Begegnung für Vogelgezwitscher

Anfang 1985 erhielt ich einen »Bettelbrief« vom »LBV-Landesbund für Vogelschutz«. Ich las ihn und entsorgte das Schreiben im Papierkorb. Es kamen zu viele »Bettelbriefe«. Abends holte ich den Brief wieder aus dem Papierkorb und legte ihn in meine Postmappe unter »unerledigt«, wo er einige Wochen liegen blieb. Endlich raffte ich mich auf und rief Franz Karl Schüssel, den Absender und Vorsitzenden der LBV Kreisgruppe Kempten-Oberallgäu, an.

Ich fragte, wie viel Geld er zwischenzeitlich gesammelt hätte. 800 Briefe habe er verschickt und ich sei der Erste, der sich überhaupt gemeldet habe.

»Wie viel Geld brauchen Sie denn?«

30.000,00 DM wären nötig für Kauf und Pacht von Feuchtwiesen am Oberallgäuer Alpsee als Brutgebiet und Rückzugsgebiet für vielerlei Vogelarten.

Wir trafen uns kurz darauf im Kaufmarkt Sonthofen zu einem Planungsgespräch. Ich wandte mich mit der Bitte um Unterstützung an den Gründer und Präsidenten von SOS-Kinderdorf.

»Bekämpfen wir gemeinsam das Gespenst des »Stummen Frühlings«, der uns und vor allem unsere Kinder bedroht«, antwortete Prof. Dr. Hermann Gmeiner am 16. Juli 1985. Er wollte seinen Teil für die Zukunft und einen Frühling mit Vogelgesang beitragen und übernahm als international geschätzte Persönlichkeit die Schirmherrschaft der geplanten Spendenaktion für den Naturschutz.

Neben ihm konnten weitere Persönlichkeiten zur ideellen Unterstützung gewonnen werden. Unter anderen war der damalige Landtagsabgeordnete und spätere CSU Staatsminister Dr. Thomas Goppel von Landsberg aus aktiv dabei.

Tombolas mit attraktiven Gewinnen, ein Wettschnupfen,

Nagelbalken, hausgemachte Kuchen und viele andere Ideen erbrachten in Kürze die erhofften 30.000,00 DM für den LBV.

Später erzählte mir Franz Karl Schüssel, dass er seinerzeit nicht so recht an den großen Erfolg seines »Bettelbriefes« geglaubt habe, und schon 300.- oder 3.000.- DM für ein gutes Ergebnis gehalten hätte.

Wir sammelten weiter. Bei meinem Abschied aus dem Allgäu im Jahre 1990 war der Kontostand auf 100.000.- DM gewachsen - ein goldenes Ei für die Vogelschützer!

Und meine damaligen Firmenkollegen machten weiter. Was wollte man mehr?

Eine folgenreiche Begegnung

Hermann Gmeiner, den Bergbauernsohn aus dem Bregenzer Wald zu treffen, war nicht leicht. Einmal hieß es, er ist in Asien, dann wieder, dass er in Afrika oder in Südamerika unterwegs sei. Doch eines Tages kam die Nachricht: Morgen könne er nach Kempten kommen. Ob ich Zeit hätte?

Ich hatte Zeit und es wurden drei unvergessliche Stunden. Prof. Dr. Hermann Gmeiner war nicht alleine gekommen. Helmut Kutin, Alexander Gabriel und andere im SOS-Kinderdorf erwachsen gewordene Waisenkinder begleiteten ihn.

Wir aßen zu Mittag. Durch die Erzählungen Hermann Gmeiners kam mir eine Welt nah, die mir als Lebensmittelkaufmann in einem wohlbehüteten deutschen Umfeld bisher fern stand. Eindringlich erzählte er von Vietnam und den vielen Waisenkindern, die der furchtbare Krieg dort hinterlassen hatte. Das SOS Kinderdorf in Saigon war damals mit 650 Kindern, die von SOS-Müttern in familiennaher Haus- und Dorfgemeinschaft versorgt wurden, das größte der Welt.

Mit umgerechnet 40.- DM in der Tasche hatte Hermann Gmeiner 1949 in Imst/Tirol sein weltweites Liebes- und Lebenswerk begonnen. Heute gibt es über 400 SOS-Kinderdörfer in mehr als 130 Ländern der Erde.

Ich fragte ihn: »Herr Professor, gibt es denn überhaupt noch ein Land, wo Sie noch nicht waren?« – Er dachte einen Moment nach. In dieser Denkpause tippte ich auf: »Grönland vielleicht?« - »Das stimmt«, lächelte er und sagte: »Da schicke ich dich hin. Du gehst für mich nach Grönland. Du machst in Grönland ein SOS Kinderdorf.« – »Herr Professor«, protestierte ich, »haben Sie denn kein wärmeres Land für mich? Mich friert so leicht!«

Beim Abschied auf dem Parkplatz bedankte ich mich für seinen Besuch und das Gespräch, das »meinem Kaufmannsauge eine andere soziale Welt eröffnet« habe. Er sah mich prüfend an und sagte: »Hermann heiße ich für dich.« Das hatte ich nicht erwartet und stotterte: »Wie, wie, wie meinen Sie das?« - »Stell dich nicht so an, du hast mich schon verstanden. Hermann heiße ich für dich.« - »Ja, wenn das so ist, dann bin ich der Georg.« Wir gaben uns die Hände und schauten uns lange in die Augen.

Ein Jahr nach dieser Begegnung ist Hermann Gmeiner gestorben. Helmut Kutin trat seine Nachfolge an.

Als im selben Jahr in Kolumbien der Vulkan Nevada del Ruiz in einer Novembernacht die Stadt Armero auslöschte, wollte und konnte ich mich nicht mehr hinter der Ausrede von der »Grönland-Kälte« verkriechen. Ich war Verkaufsleiter einer Lebensmittel-Supermarkt-Kette und fragte die Geschäftsleitung um ihr Einverständnis, für ein SOS-Familienhaus zugunsten der verwaisten Kinder von Armero zu sammeln. Ich sprach mit unseren Filialleitern und den Mitarbeitern/Innen. Wir entwickelten einen Aktionsplan. Kuchenbacken, Flohmarkt, Tombola, Luftballon-Wettfliegen, Dia-Vorträge, Spendensammeln und Patenschaftsaktionen trafen auf begeisterten Zuspruch bei den Mitarbeitern und Kunden. An einem einzigen Wochenende kamen 100.000.- DM zusammen. Wir sammelten weiter, bis wir mit 250.000.- DM das Geld für zwei Familienhäuser zur Verfügung stellen konnten.

Am 3. Oktober 1987 fand in Ibagué/Kolumbien die feierliche Einweihung von 16 SOS-Familienhäusern, einem Kindergarten, einem kleinen ärztlichen Zentrum und einer Ausbildungsstätte für handwerkliche Berufe statt. Ich war eingeladen und flog voller Erwartungen in das mir fremde Land. Angekommen war ich neugierig auf die Kinderdorfmütter, auf den Dorfleiter, auf die Häuser und wollte natürlich die Kinder sehen. Aber die hatten Angst - liefen vor mir weg. Mein Vorschlag, gemeinsam Bäume und Häuser zu malen, blieb ohne Erfolg. Ich versuchte es mit Kinderspielen, aber auch »Engelein flieg« brachte keinen Durchbruch. Ich sprach kein Spanisch. Mein Englisch war bescheiden. Und auf »Bayerisch« blieb mir nur der Humor.

Der Sprache zur Verständigung beraubt kam mir die Idee, die Badehose anzuziehen und ins nahe gelegene Schwimmbecken zu gehen. Die kleine schwarzhaarige Mercedes sprang als erste, und plötzlich waren 30 Kinder um mich herum im Wasser. Jetzt begann meine »Aufnahmeprüfung«. Ein Kind an der Brust, eins auf dem Rücken musste ich mit jedem Kinderpaar Wasserhüpfen. »Senor Jorge, Senor Jorge!« hörte ich es rufen und schaute mich um. Man meinte mich! Ich hatte einen Namen bekommen und war in die SOS Kinderdorf Familie aufgenommen.

Von Ibagué aus besuchte ich die zerstörte Stadt Armero in der Provinz Tolima. Der Ausbruch des Vulkans Nevada del Ruiz hatte am 19. November 1985 in einer Stunde die in einem fruchtbaren Tal blühende Stadt vernichtet. Ich sah eine kilometerbreite Lava- und Geröllwüste. Einzelne Häuserreste und verkohlte Bäume ragten bizarr in den Himmel. Soweit das Auge reichte, war das Gelände mit weißen Holzkreuzen übersät auf denen Namen standen. Dazwischen lag hier ein einzelner Gummistiefel, dort ein roter Kinderball, Fetzen von Kleidungsstücken und Teile von Haushaltsgegenständen. Die Geröllschicht war seit dem Ausbruch bereits mehrere Meter abgesunken. Ich erfuhr, dass ich auf einem riesigen Friedhof stand, der viele Tausende von Toten für die Ewigkeit birgt.

Ein Taxifahrer erzählte mir, dass er in der Unglücksnacht sehr müde nach Hause gekommen sei und sich gegen Mitternacht hingelegt habe. Kurz nach drei Uhr morgens wurde er aus dem Schlaf gerissen. Von seinem Haus stand nur noch das Schlafzimmer, in dem er lag. Seine Familie war von den Trümmern des Hauses begraben worden.

Manche Bewohner von Armero versuchten der Katastrophe mit dem Auto zu entkommen. Sie fuhren um ihr Leben. Mit 100 km/h Geschwindigkeit gelang es einigen von ihnen, vor der Geröll-, Schutt- und Wasserlawine zu flüchten. Andere, langsamere, wurden von ihr unerbittlich eingeholt.

Noch lange fragten Mütter mit Fotos ihrer Kinder im SOS Kinderdorf Bogota und in »unserem« SOS Kinderdorf Ibaguè beim Dorfleiter an. Da viele Leichen nicht gefunden wurden, hatten sie die Hoffnung nicht aufgegeben, dass ihre Kinder die Katastrophe überlebt haben.

In manchen Hausruinen sah ich blumengeschmückte Gedenkstätten und aufgestellte Kreuze. Das bedrückende Bild wird mir im Gedächtnis bleiben, zumal es zu dem Ausmaß der Tragödie nicht hätte kommen müssen, wären die vielfältigen Warnungen der Wissenschaftler von den Verantwortlichen ernst genommen und die Bevölkerung rechtzeitig evakuiert worden.

Nach dem erschütternden Aufenthalt in der zerstörten Stadt besuchte ich eine Stätte der Hoffnung, das SOS Ausbildungszentrum Guyabal für handwerkliche Berufe. Hier werden Jugendliche unter SOS-Anleitung nach dem Prinzip »Hilfe zur Selbsthilfe« ausgebildet. Auch dieses Projekt haben die Mitarbeiter der Firma Feneberg-Lebensmittel, Kempten/Allgäu mit 50.000.- DM unterstützt, und es erfreute mich, zu sehen, wie sinnvoll unsere Spende als nützlicher Beitrag zur Zukunft der Menschen und des Landes verwendet worden war. 60 Jugendliche im Alter von 14 bis 18 Jahren werden hier in einem handwerklichen oder bäuerlichen Beruf ausgebildet. Ihr Tag beginnt in der Regel um fünf Uhr früh.

Die alte »Finca«, in der das SOS-Ausbildungszentrum untergebracht ist und von der ich Fotos gesehen habe, ist nicht mehr wieder zu erkennen, so hervorragend war sie von den Jugendlichen renoviert worden. Ebenso vorbildlich haben sie einen Teich zur Fischzucht angelegt.

Am Sonntag, 4. Oktober 1987, war ich als Gast eingeladen zu der feierlichen Einweihung mit Gottesdienst und zu dem Fest mit Volkstanz und viel Freude.

Ernesto und William, zwei junge Männer in Ausbildung, zeigten den Gästen stolz das bisher geschaffene, mustergültige Werk, das unter fachkundiger Führung eines Kolumbianers, eines Brasilianers und der SOS-Projektleiterin Gertraud Foidl entstanden war.

Zurück in »unserem« SOS Familiendorf Ibagué habe ich in dem SOS Familienhaus »Casa Sedlmaier« geschlafen, gegessen und mit den Kindern gespielt. Das freundliche Verhältnis der Mütter untereinander und der warme Umgangston in den Familien schloss mich ein. Es berührte mich sehr, im Alltag zu erleben, wie selbstverständlich sich die Buben und Mädchen bei der Hausarbeit und den Schulaufgaben halfen. 160 Waisenkinder fanden in Ibagué eine neue Heimat und eine liebende Mutter. Vielen fehlte bis dahin nicht nur das Nötigste zum Leben, sondern auch die »Herzensvitamine« der Liebe. Zum Beispiel dem achtjährigen Pedro. Er war von seinem Großvater im Kinderdorf mit der Begründung abgegeben worden: Pedro stiehlt und ist ein missratener Junge. Er, der Großvater, habe ihn bestraft, ihn an den Füßen aufgehängt und ihm die Hände verbrannt, aber nichts habe geholfen. Pedro sei unverbesserlich und er, der Großvater, wolle ihn nicht mehr sehen. Da Pedro ein Waisenkind sei, solle sich das SOS-Kinderdorf um ihn kümmern.

Rocio, die junge Mutter der »Casa Feneberg», war bereit, Pedro in ihre Familie aufzunehmen. Rocio kocht hervorragend, das weiß ich aus eigenem Erleben. Pedro bekam nicht nur zu essen, sondern gut zu essen. Pedro stahl nie mehr. Hunger hatte ihn zum Dieb gemacht. Auf die Frage, wie es ihm im Kinderdorf gefällt, fing er zu singen an und sang und sang und wollte nicht mehr aufhören zu singen. Pedro, der »missratene Junge» konnte wieder lachen und spielen, wie die vielen anderen SOS Kinder.

Die »Hermann-Gmeiner-Schule«, für 100 Kinder konzipiert, hatte zum Zeitpunkt meines Besuches bereits den Schulbetrieb aufgenommen. Sie ist nicht nur die Schule für die Kinder des SOS-Kinderdorfes, sondern steht auch den Kindern aus den ärmsten Familien der umliegenden Orte offen.

Außerdem hat Ibagué einen Kindergarten und ein kleines ärztliches Zentrum. Ich war fasziniert, was binnen Jahresfrist seit der Grundsteinlegung durch Helmut Kutin für ein schönes und zweckmäßiges Dorf mit 16 Familienhäusern als Zeichen der Hoffnung und Völkerverständigung entstanden ist. Und offensichtlich ging es nicht allein mir so. Auch die damalige »First Lady« Kolumbiens, Carolina Debarco, die per Hubschrauber und mit viel Militär das SOS Kinderdorf zur Einweihung besuchte, zeigte sich tief beeindruckt. Sie besichtigte das Familienhaus »Casa Sedlmaier«, das ausgewählt worden war, weil Luz Mary als eine hervorragende Kinderdorfmutter gilt.

Wie ging es weiter? Ich wurde Pate für den Buben John Jairo Rios Ortiz mit monatlich 50.- DM. Viele Briefe, Fotos und kleinen Liebesgaben haben sich seither angesammelt. 140 andere SOS Paten fühlen sich wie ich als Beschenkte. Und ich sammelte weiter: 1 Millionen DM. Viele Menschen aus allen Berufen unterstützen mich bis heute. Es entstanden SOS Familienhäuser in Hanoi/Vietnam, Zwickau/Sachsen, Siedlce/Polen, Skopje/Mazedonien und Dar Bouazza in Marokko (für behinderte Waisenkinder).

Was sagte damals Hermann Gmeiner zu mir? »Stell dich nicht so an, du hast mich schon verstanden!«

Ich blieb ein Lebensmittelkaufmann, aber mein Herz hat sich bereichert mit dem Engagement für die Waisenkinder in aller Welt.

Prof. Dr. Dr. Hermann Gmeiner,
der kinderreichste Vater der Welt
zu Besuch bei Georg Sedlmaier
am 11. Juni 1985

Begegnungen am Amazonas

Nach der Eröffnung des SOS Kinderdorfes Ibagué in Kolumbien startete ich zu einem Trip in den Amazonas-Urwald. Zweieinhalb Stunden im Düsenflugzeug in Richtung Leticia am Amazonas sah ich aus der Vogelperspektive die ungeheuren Weiten des Urwalds, durchzogen von schlängelnden Flüssen mit einer Vielzahl von Inseln. Nach der Landung umfing mich feucht-heiß die Urwaldluft. Mein bescheidenes Englisch brachte mich zum »Hotel Parador Ticuna« am Ufer des Amazonas. Dort erwarteten den einzigen Besucher aus »Alemania« ein sehr kleines Grüppchen von Nichteinheimischen: Ein Schlangenforscher mit seiner Ehefrau bemühte sich redlich, mich in die Geheimnisse der »Snakes« einzuführen. 1.500 Schlangen hatte er in einer speziellen Lösung präpariert. Da ich vieles, was er mir auf Englisch erklärte, nicht verstand, führte er mich mit Skizzen und Fotos immer tiefer in die Welt der Schlangen ein.

Dann war da noch ein Arzt-Ehepaar aus Minnesota (USA), das die Urwaldbewohner mit 4.000 Brillen ausstattete, und ein Holländer, der sich hier eine »neue« Frau gesucht hatte, die wirklich sehr gut aussah.

Nicht geschlafen

Nach einem Spaziergang durch das Fischerviertel von Leticia mit seinen ärmlichen Holzbehausungen auf Pfählen zog ich mich in mein ebenerdiges Hotelzimmer zurück. Es roch aufdringlich nach Desinfektionsmittel. Unbekannte Geräusche umgaben mich. Auf meinem Bett saß ein langfüßiges, mir unbekanntes Hüpftier. In einer panischen Reaktion erschlug ich es und untersuchte den Raum Zentimeter um Zentimeter. Die Einführungen des Schlangenforschers taten das ihre; überall vermutete ich »Snakes». Überall raschelte, krabbelte, zwitscherte und huschte es. Der Amazonas floss vor der Lodge und dahinter lag der Urwald zum Greifen nah. Diese Nacht habe ich durchwacht. Mit den ersten Sonnenstrahlen war ich anderntags wieder unterwegs. Da die Regenzeit kurz bevorstand, war ich der einzige Tourist, der unbedingt einen Urwaldtrip machen wollte. Daniel erklärte sich nach langwierigen Verhandlungen bereit, mich zu führen. Ein kleines Boot mit Dieselmotor brachte ihn und »Senor Jorge«, wie er mich nannte, 45 Kilometer flusswärts zur »Isle of Monkies«. Sechs Kilometer breit ist hier der Amazonas. Während der Regenzeit wird der Fluss um zwölf Meter ansteigen. Ich fühlte mich Gott und Daniel, meinem Führer, ausgeliefert.

Auf der Affeninsel
Wir betraten die Affeninsel. Ich erschrak, als mich ein Papagei von hinten anflog und auf meiner Schulter Platz nahm. Zuerst kam nur ein Affe, dann waren es Dutzende, und da einer immer der Neugierigste ist, kletterte der an mir hoch und zählte meine restlichen Haare. Damit bald fertig, griff er sich blitzschnell meine Brille und rannte Richtung Urwald. Er hätte es geschafft, wenn mein «Guide» Daniel nicht schneller gewesen wäre. »Gibt es Krokodile?« fragte ich Daniel. - »Only in the dark«, beruhigte der mich. Ich hoffte, dass die Kaimane sich daran hielten. »Und wie ist es mit den Piranhas, sind die hier ‚very hungry‘? – »Nein, nur in den Seitenarmen des Amazonas.« In die fuhren wir jetzt, um ein Indio-Dorf zu besuchen.

Ich erlebte eine Dorfschule im Freien. Im Unterricht beschäftigten sich die Kinder gerade mit der Zahl 21. Ich sah Dorfbewohner, die auf Tücher aus Holzfasern Tiere des Urwaldes malten. Männer schnitzten Holzmasken. Daniel führte mir »Tarzan« vor und schwang sich an einer Liane über einen kleinen Fluss. Sie hielten auch bei meinem Test. Auf riesigen, meterhohen Baumwurzeln trommelte Daniel mit einem Holzstock. Man hörte es kilometerweit. Wir wanderten durch den Urwald zum nächsten Dorf.

Zu dunkel

Mitunter war es zum Fotografieren zu dunkel. Eine ungeheure Vegetation umgab uns, denen es aus allen Poren den Schweiß trieb. Überall fremde Geräusche und Bewegungen. Meine Nerven waren bis zum letzten angespannt. Dort ein wilder Affe! War dies eine Eidechse oder eine giftige Schlange? Hier ein herrlicher Schmetterling, dort buntschillernde Vögel und immer und überall geheimnisvolle Geräusche. Rote Ameisen liefen in kilometerlangen Transportketten. Alles wucherte. Aasgeier kreisten über uns. Termiten bauten große Geschwülste an Bäume. Vögel nisteten in hängenden Nestern. Auf Baumstämme als Brücke überquerten wir einen Sumpf. Ich hatte jegliche Orientierung verloren. Wenn Daniel jetzt abhaut und mich einfach stehen lässt? Ich kannte ihn ja erst seit wenigen Stunden. Dann sahen wir Indiofrauen mit ihren Kindern im Arm durch den Urwald gehen.

Im Dorf aßen wir herrlichen Amazonasfisch, in Palmblätter eingewickelt, auf offenem Feuer gegrillt, mit Bananen, Reis, Tomaten, Salaten, Gewürzen und tranken das scheinbar in jedem Winkel der Welt verfügbare Coca Cola. So gestärkt schaffte ich auch den Rest des Urwaldtages. Ein kleiner Urwaldsee mit der »Viktoria Regia«, einer riesigen Urwaldsumpfpflanze, beeindruckte mich sehr. Mit der Rückfahrt im Boot über den Amazonas ging ein eindrucksvoller Tag zu Ende. Diese Nacht schlief ich vor Erschöpfung gut. Ich hatte ein Stück fast unberührter Natur gesehen. Wie lange wird es sie noch geben?

Mein Abschied vom kinderreichsten Vater der Welt

Am letzten Aprilsamstag des Jahres 1986 – etwa ein Jahr nach meiner Begegnung mit Hermann Gmeiner – war ich geschäftlich in Kempten.

Um 10:00 Uhr schaltete ich die Nachrichten ein und hörte die Meldung: »Hermann Gmeiner ist im Innsbrucker Krankenhaus nach einer Krebs-Operation verstorben.« – Es traf mich wie ein Keulenschlag. Hermann Gmeiner war mit seinen 66 Jahren viel zu jung zum Sterben. Erst vor wenigen Tagen hatte ich ein Postpaket mit zehn von ihm signierten Büchern erhalten. Ein Termin war mit ihm für eine weitere »dicke« Scheckübergabe vereinbart. Große Traurigkeit erfasste mich. Ich wollte alleine sein und ging im Kemptener Wald spazieren.

Eine Woche später, am Samstag, 3. Mai 1986, war die Beerdigung in Imst, im ersten SOS Kinderdorf, das er errichtet hatte. Tausende Menschen waren gekommen aus Österreich, aus Europa, aus Nord-, Mittel- und Südamerika, aus Afrika und Indien.

In der Trauergemeinde herrschte eine ungewöhnlich ergriffene Stille, eine Trauer, die ich in Worten nicht beschreiben kann. Würdevolle, demütige Annahme des Unvermeidlichen. Ein Geschenk für jeden, der dabei sein durfte.

Meine Frau und ich verneigten uns vor dem Sarg, der vor seinem ersten SOS Familienhaus, dem »Haus Frieden« im Freien aufgebahrt war. Wir trugen uns in das Kondolenzbuch ein. Neben mir stand eine schwarz gekleidete Frau mit einem Fliederstrauß in der Hand. Ich fragte sie, ob sie Hermann Gmeiner persönlich gekannt habe. Der »Herr Direktor« sei erst kürzlich bei ihnen zu Besuch gewesen, erzählte die Frau. Sie war SOS

Kinderdorf-Mutter im SOS-Kinderdorf Hinterbrühl in der Nähe von Wien. Er habe Schmerzen gehabt, sei vorzeitig abgereist und habe versprochen: »Wenn der Flieder blüht, komme ich wieder und bleibe länger.« Nun war sie mit einem weißen Fliederstrauß als letzter Gruß gekommen.

Der Innsbrucker Bischof, Dr. Reinhold Stecher, zelebrierte den Trauergottesdienst, in diesem an einem sonnenüberfluteten Tiroler Berghang gelegenen, mit vielen Bäumen bewachsenen SOS Kinderdorf. Gegenüber dem Tal grüßte die mächtige Bergspitze des »Tschirgant« Gipfels himmelwärts.

Beim Segen bat der Bischof, Hermann Gmeiner möge »uns alle von höherer Warte aus segnen«.

Unter den Menschen, den Delegationen und Prominenten aus aller Welt sah ich auch den weißhaarigen Luis Trenker. Hermann Gmeiner wurde neben einer kleinen Kapelle im Kinderdorf beigesetzt. Sein Grab wurde eine »Pilgerort« für viele Kinderdorfkinder und Freunde aus aller Welt. Ein schmiedeeisernes Kreuz auf dem blumengeschmückten Grab erinnert an den kinderreichsten Vater der Welt.

Auf dem bei seiner Beisetzung verteilten »Sterbebild« steht der Text:
- Hermann Gmeiner -
geboren 23. Juni 1919 in Alberschwende
gestorben 26. April 1986 in Innsbruck
- »Alle Kinder dieser Welt
sind unsere Kinder.« -

»Liebe ist soviel! Sie ist eine Macht,

die uns beherrscht. Sie ist eine Kraft,
die uns bewegt. Sie ist von Gott.

Alles, was den Menschen menschlich macht
und über das rein Kreatürliche hinaushebt,
alles Gutsein, Starksein und Schönsein,
kommt aus der Liebe.
Liebe befähigt auch unsere SOS-Kinderdorf-
Mütter, sich verlassener, fremder Kinder
anzunehmen, als ob es ihre eigenen wären.
Warum? Ihre Liebe ist Freude darüber,
dass es diese Kinder gibt.

Liebe ist Freude, Freude am Dasein der
Anderen, unserer Mitmenschen, Freude darüber,
dass es sie gibt. In dieser Freude, dank dieser
Freude – durch die Liebe also – ist ein
jeder von uns, ist jeder Mensch auf dem
Erdenrund mit dem anderen vereint und mehr,
als er auf sich allein gestellt wäre.
Meine Liebe ist meine Freude darüber, dass es
dich, mein Mitmensch und Bruder, auf dieser
Welt und in diesem meinem Leben gibt:
Und das ist, glaube ich, alles, was ich mit
gutem Gewissen über die Liebe sagen kann.« -
Hermann Gmeiner

Kurz nach der Beerdigung flogen meine Frau und ich
nach USA. Die Flugroute führte uns bei herrlich klarem
Sonnenwetter an Grönland vorbei. Ich erinnerte mich
an Hermanns Worte: »Du machst für mich ein SOS

Kinderdorf in Grönland.« Urplötzlich verfinsterte sich der
Himmel. Es blitzte. Das Flugzeug sackte in ein Luftloch ab,
zitterte und wackelte, im Magen das Leeregefühl.
War das ein Gruß, eine Mahnung von Hermann Gmeiner?

Nach dieser Luftturbulenz, die so plötzlich, wie sie gekommen war, vorbei war, flog das Flugzeug, als wäre nichts gewesen, weiter in Richtung USA. -

Hermann Gmeiner, Gründer der SOS-Kinderdörfer 23. Juni 1919 – 26. April 1986

Hermann Gmeiner wurde am 23. Juni 1919 als fünftes Kind einer Bauernfamilie in Alberschwende in Österreich geboren. Hermann Gmeiners Mutter, Angelika, starb nach der Geburt des neunten Kindes, da war er gerade fünf Jahre alt. Vater Gmeiner, ein ruhiger, gutmütiger Mann, der die Kindererziehung voll und ganz seiner Frau überlassen hatte, übergab nach dem Tod seiner Frau der ältesten, gerade 16 Jahre alten Tochter Elsa die Verantwortung für ihre acht jüngeren Geschwister. »Meine Mutter hinterließ, als sie von uns ging, nichts als Leere dort, wo sie gestanden hatte.«

Für die Familie Gmeiner war das Leben auf dem kleinen Berghof insbesondere in den Jahren der Wirtschaftskrise Ende der zwanziger Jahre sehr hart und ließ sie eng zusammenrücken. Die Kinder hatten ihrem Vater nach dem Tod der Mutter versprochen, die Sorge um Haus und Hof mit ihm zu teilen. »Die Schulden, die wir abzutragen, die schwere Arbeit, die wir zu leisten, die Armut, die wir zu ertragen hatten, waren außer Stande, den familiären Zusammenhalt zu zerrütten. Wir lernten, einander zuliebe Opfer zu bringen.«

Hermann Gmeiner besuchte bis zu seinem 15. Lebensjahr die Schule in Alberschwende. Schon früh erwachte in ihm der Wunsch, zu studieren, was anbetracht der wirtschaftlichen Not seiner Familie zunächst unerfüllbar schien. Mit Unterstützung des Pfarrers von Alberschwende erarbeitete sich Hermann Gmeiner mit 17 Jahren ein Stipendium für das Gymnasium Feldkirch, das er 1940 wegen der Einberufung zur Wehrmacht abbrechen musste. Während des Krieges entstand in Hermann Gmeiner der Wunsch, Arzt zu werden. Sofort nach Kriegsende holte er die Reifeprüfung nach und schrieb sich an der Medizinischen Fakultät der Universität Innsbruck ein.

Während seines Studiums begann Hermann Gmeiner sich sozial zu engagieren: Gemeinsam mit einem Kaplan gründete er eine Gruppe für elternlose Jugendliche und wurde zum hauptamtlichen Leiter der Dekanatsjugend in Innsbruck. Durch diese Aufgabe beschäftigte sich Hermann Gmeiner intensiv mit der Entwicklung von Waisenhäusern und Erziehungsanstalten und deren Pädagogik. Das Miterleben der Kinderschicksale verankert in Hermann Gmeiner den Gedanken, dass es für ein Kind ohne Familie und Zuhause keine Zukunft gibt. Um sich mit diesem Problem intensiv und kompetent auseinander setzen zu können, bemühte sich Hermann Gmeiner um eine pädagogische Weiterbildung. Als großes Vorbild diente ihm das Leben und Werk von Johann Heinrich Pestalozzi. Regen Kontakt hatte Hermann Gmeiner während dieser Zeit mit dem Innsbrucker Universitätsprofessor Dr. Burghard Breitner, der als Präsident des österreichischen Roten Kreuzes einen guten Einblick in das bestehende Fürsorgewesen hatte. Er ermunterte Hermann Gmeiner bei seiner Arbeit mit den Jugendlichen, warnte ihn aber auch vor übertriebenen Hoffnungen, etwas verändern zu können.

In Hermann Gmeiner reifte in dieser Zeit der Plan, elternlosen und verwahrlosten Kindern einen möglichst vollwertigen Ersatz für die verlorene Familie zu geben. Die Idee war nicht neu: schon Johann Heinrich Pestalozzi, August Hermann Francke, Johann Heinrich Wichern und Eva von Tiele-Winckler hatten sich um das Schicksal in Not geratener junger Menschen bemüht. Hermann Gmeiner verhalf dieser Idee in der Praxis zu weltweitem Durchbruch.

Anfang 1949 gründete Hermann Gmeiner gemeinsam mit einigen Freunden die Societas Socialis, eine Gesellschaft junger

Menschen, die sich um die Schaffung eines wirksamen Jugendschutzes bemühen wollte und später in SOS-Kinderdorf umbenannt wurde. Es entwickelte sich die Idee eines Kinderdorfes. »Als ich 1949 als mittelloser Medizinstudent das SOS-Kinderdorf Imst gründen wollte, haben mich die öffentlichen Stellen und Behörden höflich, aber bestimmt vor die Tür gesetzt. Da kam mir der Gedanke, viele Menschen um einen einzigen Schilling monatlich zu bitten.« Mit einem Startkapital von 600 Schilling wurden die ersten Handzettel gedruckt und die Bevölkerung zur Mithilfe aufgerufen. Die Idee hatte Erfolg. Noch im selben Jahr konnte Hermann Gmeiner mit dem gesammelten Geld ein Grundstück in Imst in Tirol erwerben und mit dem Bau des ersten SOS-Kinderdorfhauses beginnen. Es wurde »Haus Frieden« getauft. »Sein Name sollte zum Ausdruck bringen, dass alle unsere Bemühungen um das im Stich gelassene, hilflose Kind letzten Endes auch als ein Beitrag zum Frieden in der Welt verstanden werden wollen.«

Von der Gründung des ersten SOS-Kinderdorfes in Imst/Tirol im Jahre 1949 an gehörte das Leben Hermann Gmeiners der Entwicklung der SOS-Kinderdörfer. Zuerst war er Dorfleiter in Imst, dann organisierte er die Errichtung weiterer SOS-Kinderdörfer in Österreich, Deutschland und vielen anderen Ländern der Welt. Hermann Gmeiner starb am 26. April 1986 in Innsbruck.

Heute existieren in über 130 Ländern der Erde seine Kinderdörfer.

Quelle: SOS Kinderdorf e. V. München

»Kennst Du meine Mutter?«

Meine Frau und ich besuchten an einem Sonntag Vormittag wieder einmal das uns seit der Grundsteinlegung 1994 gut bekannte SOS Kinderdorf.

Der Dorfleiter berichtete uns aus dem SOS Alltags- und Familienleben. Es gibt Voll- und Halbwaisenkinder, aber auch Sozialwaisen aus zerrütteten Familien mit Alkohol- und Drogenproblemen. Von staatlichen Stellen- und Vormundschaftsgerichten werden heute solche Sozialwaisenkinder einer SOS-Kinderdorf-Mutter und Familie anvertraut. Geschwister dürfen dann zusammen bleiben.

Wenn die Kinder unbeobachtet sind, reden sie untereinander über ihre Eltern.

Kennst du deine Mutter? Besucht sie dich? Wo lebt deine Mutter?

Einen großen Teil ihrer Zeit verbringen die Sozialwaisenkinder mit den Fragen nach ihren Wurzeln, ihrer Vergangenheit, ihren Eltern. Manchmal melden sich leibliche Väter oder Mütter zum Besuch für Sonntag an. Die Freude bei den Kindern ist dann riesengroß. Ohne Angabe von Gründen kommen diese Eltern dann manchmal einfach nicht. Für die Kinder bricht dann eine Welt zusammen. Alte Wunden werden in der Kinderseele wieder aufgerissen. Nur schwer gelingt es der SOS-Kinderdorf-Mutter und dem Dorfleiter die Kinder in solchen Situationen zu trösten und zu beruhigen.

Mit diesem Wissen ausgerüstet, besuchten meine Frau und ich das von uns initiierte SOS Familienhaus »tegut...«.

Ich sagte »Grüß Gott, wie geht es euch?«

Der zehnjährige P. kam auf mich zu und sagte:

»Gell, du bist ein Bayer?«

»Ja.«

»Kennst du Regensburg?«
»Ja, den Dom und die Steinerne Brücke.«
»Kennst du auch Barbara Müller?«
»Nein – wer ist Barbara Müller?«
»Das ist meine Mutter!«

Dieser scheinbar so bedeutungslos geführte Dialog berührt mich bis heute.

US-amerikanische Begegnungen

13.000 Kilometer mit »rent a car« quer durch die Vereinigten Staaten.

Die Reise führte von der Ostküste durch sandiges Terrain im Mittleren Westen bis zum Gebirgszug der Rocky Mountains im Süden.

In einem lauschigen Ort an der Pazifikküste bestellten meine Frau und ich in »Fishermans Wharf« ein wertvolles Fischgericht. Am Nachbartisch saß eine amerikanische Familie mit Kindern. Auch sie orderten Fisch und noch etwas dazu, wir verstanden nicht was, aber waren neugierig: vielleicht war es eine lokale Spezialität.

Es war eine Magnumflasche Tomatenketchup, das flächendeckend über den wertvollen Fisch gegossen wurde. Es tat mir in der Kaufmannsseele weh: Dafür hätte es auch ein tiefgefrorenes billiges Fischfilet aus dem Supermarkt getan.

Meine Frau und ich wussten damals noch nichts über die abhängig machende Wirkung von Aromen und künstlichen Geschmacksverstärkern.

Auf der Reise durch die USA begegneten wir vielen Kindern und Jugendlichen, die schwammig, auffallend schwabbelig und ungesund dick waren. Ich musste immer wieder hinschauen, so unglaublich monströs sahen sie zum Teil aus. Oft rempelte mich meine Frau an: »Schau doch nicht immer hin!« Sie hatte Recht. Ich sah weg - und wieder hin. Manche hatten statt einem Hosengürtel nur einen Gummizug, der sich dem wachsenden Körperumfang anpasst, ohne seinen Träger zu zwingen weitere Löcher in den Gürtel zu stanzen. Im Kontrast zu den übergewichtigen jungen Menschen im Straßenbild fielen uns fast ebenso viele dürre, vermutlich magersüchtige Gestalten auf.

Wieder zurück in Deutschland verdrängte ich diese Eindrücke, wusste damals auch noch nichts über ihren Zusammenhang mit dem »Fisch-Tomatenketchup-Erlebnis«. Das waren Fragen, die Gesundheitspolitiker und Ärzte angingen, nicht mich.

Das änderte sich in den nächsten Jahren. Das Thema: Lebensmittel und Gesundheit rückte dem Kaufmann näher auf den Pelz und legte sich - schwerer werdend - auf seine Seele.

An einem Neujahrstag platzte der Knoten

Es drängte mich zu schreiben. Ich war zu Urlaub in Kempten und das lange Wahrgenommene und innerlich Aufgestaute brach sich Bahn. Auf die Rückseite eines Unterwäschekartons schrieb ich mit Bleistift - anderes Schreibgerät stand nicht zur Verfügung - den ersten Entwurf der Gründungsurkunde der »Interessengemeinschaft FÜR gesunde Lebensmittel«.

Etwa 25 Gleichgesinnte wollte ich für den Anfang in Deutschland und Österreich aus den verschiedensten Berufen finden, die in einer Art »Sauerteigfunktion ein Bewusstsein für Lebensmittel als Mittel zum Leben« bewirken.

Nach kurzer Zeit hatte ich die gewünschten 25 Persönlichkeiten gefunden, allen voran der Bundeslandwirtschaftsminister a. D. Ignaz Kiechle als Schirmherrn.

Ich hatte etwas Sorge vor dem ersten Treffen in Fulda, aber harmonisch und nach vorne gerichtet war es von der Aufbruchstimmung getragen, die ich mir gewünscht hatte.

Begegnungen in Hülle und Fülle

Nun musste ich an die öffentlichen Entscheidungsträger ran. Ich sprach auf Kongressen und Tagungen, in Universitäten und Fachhochschulen. Ich gewann den Friedensnobelpreisträger HIS HOLINESS the Dalai Lama zu einer solidarischen Botschaft und zur Unterzeichnung unserer Grundsatzerklärung, dem »Fuldaer Lebensmittel Manifest«:

- FÜR die Erhaltung des lebendigen Wertes unserer Lebensmittel und deren Geschmacks- und Genusswerte
- FÜR die Ehrlichkeit bei der Lebensmittelherstellung (z. B. durch Reduzierung der künstlichen Aromastoffe)
- FÜR den sorgsamen und kritischen Umgang mit neuen Lebensmitteltechnologien (z. B. Agro-Gentechnik)

»FÜR...« groß geschrieben, steht für gesunde Lebensmittel, für die wir positiv, bejahend eintreten.

Wir sprachen mit Ministerpräsidenten, Ministern, Abgeordneten verschiedenster Parteien, Kirchenvertretern, Unternehmern, Hausfrauen, Brüsseler EU-Beamten usw..

Wir veranstalten große Jahrestagungen als Stätten der Begegnung, des Wissensaustausches und der Energieaufladung. Jährlich werden mindestens drei Rundschreiben verschickt und die Internetseite
www.fuer-gesunde-lebensmittel.de
ständig aktualisiert.

»FÜR...« ist eine Lern- und Begegnungschance ersten Ranges geworden.

Viele anerkennende, aufmunternde Briefe haben wir erhalten:

- »Wir haben ähnliche Berufe. Sie sorgen sich um gesunde und schmackhafte Kost im biologischen, ich im theologischen Sinn. Und beides geschieht im Sinne des Schöpfers«, schrieb der Innsbrucker Altbischof Dr. Reinhold Stecher in seinem Brief vom 23. Mai 1997

- »Für unsere Begegnung bin ich sehr dankbar und unsere Gespräche haben gezeigt, wie wichtig Lebensmittel »Mittel zum rechten Leben« sind. Ich schicke die Unterzeichnerliste (Fuldaer Lebensmittel Manifest) mit meiner Unterschrift zurück. Mit Gruß und mit Segenswünschen.« Helmut Bauer, Weihbischof von Würzburg 16. Juli 2001

- »Ich freue mich, dass Sie als Kaufmann und Wirtschaftsmann in besonderem Maße für eine gesunde Ernährung eintreten und ich kann nur hoffen und wünschen, dass dies eines Tages breite Kreise zieht und insbesondere auch in armen Ländern eine Möglichkeit schafft, damit Lebensmittel gerechter und sinnvoller verteilt werden.« Helmut Kutin, SOS Kinderdorf International Präsident

- »Sie weisen zu Recht auf die ernährungsbedingten Krankheitskosten hin und wir stehen hier in der Pflicht, die Menschen auf die Zusammenhänge zwischen Ernährung und der Gesundheit hinzuweisen.
  Machen Sie weiter so...
  Ich freue mich auf unsere nächste Begegnung.«
  Dr. Bernhard Vogel, Der Ministerpräsident des Freistaates Thüringen Brief vom 30. Mai 2001

- »Ich halte das Anliegen, das die Interessengemeinschaft verficht, ausdrücklich für unterstützenswert. Die Aufklärung der Konsumenten erscheint mir unverzichtbar: Hier ist eine Initiative wie die Ihrige, flankiert durch gezielte Öffentlichkeitsarbeit des Verbraucherministeriums auf Bundesebene und der Landwirtschaftsministerien der Länder, wichtig.«
Dr. Martin Hein, Bischof Evang. Kirche von Kurhessen-Waldeck Brief vom 17. Januar 2003

- »Und glauben Sie mir, meine sehr verehrten Damen und Herren, damit spricht er (Georg Sedlmaier) mir aus der tiefsten Seele der Lebensmitteluntersucherin, aber auch der langjährigen Konsumentenberaterin. Sie glauben gar nicht, wie wichtig eine derartige Botschaft gerade in unserer heutigen Zeit ist.«
16. Mai 2003, Dr. Maria Safer, Direktorin Lebensmitteluntersuchung, Magistrat der Stadt Wien in der Wiener Handelskammer

- »Die Zielsetzungen der IG FÜR... entsprechen weitgehend diesen Grundsätzen. Dass sich in der Interessengemeinschaft... Menschen mit ganz unterschiedlichem beruflichen Hintergrund und Erfahrungen zusammengeschlossen haben, empfinde ich als besonders ermutigend und erfolgversprechend...
Ich wünsche der IG FÜR... weiterhin eine erfolgreiche Arbeit und hoffe, dass Sie noch viele engagierte Mitstreiter finden.«
Bundesverbraucherministerin Renate Künast, Brief vom März 2002

Jetzt sind wir über 400 IG FÜR...-Mitglieder aus über 100 verschiedenen Berufen in acht Ländern Europas und in Indien, Ägypten und Sri Lanka, die sich alle ehrenamtlich und überkonfessionell in der gemeinnützigen Interessengemeinschaft FÜR gesunde Lebensmittel international e. V. engagieren.

Dänische Begegnungen

Ich konnte als Jugendlicher nicht ahnen, dass mich Dänemark nicht mehr loslassen würde. Mit Omnibus und Zelten waren im Juli 1963 35 Münchener Jugendliche des Kreisjugendringes durch Dänemark und Schweden unterwegs. Wir erlebten Kultur, Land und Leute und Lagerfeuer-Romantik. Mit Monika Maurer, die ich auf der Reise kennen lernte, sollte mich eine jahrzehntelange Bekanntschaft verbinden.

In Kopenhagen war es an mir, den Tagesreisebericht zu schreiben. Der erlebnisreiche Abend im Kopenhagener Vergnügungspark Tivoli ist mir bis heute in Erinnerung.

Nach drei Wochen Nordlandreise besuchten wir auf der Rückfahrt den Bonifatiusdom in Fulda. Da die gesamte Studienreise unter einem »guten Stern« gestanden hatte, sangen wir im Dom voller Freude »Großer Gott wir loben Dich«. –
27 Jahre später arbeitete ich als Vorstandsmitglied eines großen Fuldaer Lebensmittel-Unternehmens in Fulda.

Die Fortsetzung meiner Beziehung zu Dänemark verdanke ich Leni, der humorvollen Schwester meiner Frau Marianne. Sie heiratete einen »waschechten« Dänen und zog nach Kopenhagen. Über Jahrzehnte wurde Kopenhagen, Dänemark und die schwedische Südküste für unsere Familie ein bevorzugtes Reiseziel, wo uns »Onkel Tom«, Lenis Ehemann, als kulturbewanderter, hoch gebildeter Reiseführer verwöhnte. Aber es blieb nicht bei den privaten Beziehungen zu Dänemark.

Zur Eröffnung der Berliner »Grünen Woche« im Januar 2002 hielt ich als Gründer der internationalen »Interessengemeinschaft FÜR gesunde Lebensmittel e. V.« vor über 300 Metzgereifachleuten einen Vortrag. Neben mir auf dem Podium saß der Däne Per E. Sörensen von dem Unternehmen Danske Slagterier. Wir kamen ins Gespräch und er wurde spontan neues IG FÜR...-Mitglied. Ein Jahr später trafen wir uns in einer Dreierrunde mit einem schwedischer Universitätsprofessor aus Lund zum Erfahrungsaustausch in den Kopenhagener Büroräumen von Danske Slagterier.

Am 12. Oktober 2003 begegnete ich auf der Anuga Lebensmittel-Fachmesse in Köln Mariann Fischer Boel, der dänischen Ministerin für Lebensmittel, Landwirtschaft und Fischerei. Wir kamen in ein gutes Gespräch über Ziele und Anliegen der IG FÜR... Davon zeugt ein gemeinsames Foto auf der Titelseite unseres zwanzigsten Rundschreibens. Sie schrieb mir im Januar 2004:

»... Das dänische Ministerium ist an Ihrem Projekt und Ihrer Arbeit interessiert. Das Projekt sieht viel versprechend aus... . Deshalb schlage ich vor, dass Sie in Kontakt mit dem Gesandten Botschaftsrat des Ministeriums Herrn Carsten Philipsen auf der dänischen Botschaft in Berlin bleiben. Ich wünsche Ihnen viel Glück mit Ihrer Arbeit in der IG FÜR... .«

Im Mai 2004 zeichnete die IG FÜR... das Unternehmen Danske Slagterier mit dem Ehrenbrief und einer Feier in Kopenhagen/Axelborg aus.

Frau Hanne Lauger, Head of Department, vom dänischen Ministerium für Food, Agriculture und Fisheries hielt die Laudatio und wurde zwei Stunden später zum Ehrenmitglied gekürt.

Per Eidnes Sörensen mailte am nächsten Tag: »Sehr geehrter Herr Sedlmaier, wir möchten uns bei Ihnen noch einmal für den schönen Ehrenbrief bedanken, den wir hier in Kopenhagen erhalten haben. Danske Slagterier ist begeistert und geehrt. Die paar Stunden, die wir uns unterhalten haben, waren ein Vergnügen.«

Der schöne Bogen, der sich über die vielen Jahrzehnte nach Dänemark spannt, lässt mich gespannt auf die Zukunft sein.

»Alter ist keine Frage der Biologie. Um vital zu bleiben muss man nur sein Leben entsprechend in die Hand nehmen.«

Wenn ein Neunzigjähriger wie der Ernährungsforscher und Lebensberater Gordon Freeman Fraser das sagt, muss etwas dran sein. Der in San Francisco/Kalifornien geborene Amerikaner schottischer Abstammung lehrt auf Deutsch, Italienisch und Englisch. Ich hörte seine tröstlich auffordernde Botschaft auf Deutsch im September 2004.

Im Februar 1990 hatte Rita Faber meinen damaligen Chef Hans Feneberg zu einer Vortragsveranstaltung mit Gordon Freeman Fraser in Buchenberg eingeladen. Es gehörte zu meinen Aufgaben an solchen Veranstaltungen teilzunehmen, und ich lernte in Gordon F. Fraser eine faszinierende Persönlichkeit kennen. Es wurde zu einer Begegnung mit weit reichenden Folgen, nicht nur, weil ich viele interessante Menschen in dem von Gordon Fraser gegründeten »Studienkreis für Gesundheit und Persönlichkeitsentfaltung e. V.« traf und unter den Teilnehmern Oswin und Ingrid Kaufmann Freunde für's Leben fand. Sein Vortrag über »Lactovegetabile Kost« beeindruckte mich so, dass meine Frau und ich uns zu einem zweiwöchigen Fortbildungsseminar in Bad Gams, Nähe Graz/Steiermark, anmeldeten.

Am ersten Abend studierte ich als Gast und Lebensmittelkaufmann den Wochenspeiseplan. Es wurde mir ganz anders. Lauter mir fremde Speisen standen da auf dem Essensplan. Ich hatte mir Urlaub für das Seminar genommen und esse gerne gut. Ob das schmeckt, was ich da las? Ich war äußerst skeptisch. Kein Fleisch! Alles unbekannt. Warum habe ich mir das angetan?

Es kam anders. Die beiden Bad Gamser-Urlaubswochen wurden für uns zum »Jungbrunnen«. Die nie gekosteten Speisen schmeckten von Tag zu Tag besser, waren mit Liebe zubereitet und äußerst bekömmlich.

Der lactovegetabile Speiseplan, ohne Fleisch und ohne Kaffee, die Moor- und Schlickebäder, die Bergwanderungen in sauberer Luft, die freundschaftlichen Begegnungen und Gespräche, der Opernbesuch in Graz, die Vorträge und Trinkwasserkuren bewirkten, dass wir uns immer leichter, elastischer und beweglicher fühlten. Der Aufenthalt wurde zu einem Erfolg, dem vieles folgte: neue Begegnungen, zum Beispiel in Graz mit Prof. Dr. Liebmann, der später Mitglied der IG FÜR... wurde; Erholungsurlaube auf der von Gordon bevorzugten »Seminar-Insel« Ischia bei Neapel, deren vulkanisches Gestein eine besonders gute Ausstrahlung hat, und in deren gesundheitsfördernden Quellen und Bäder schon die alten Römer gebadet haben.

Seit drei Jahren nehme ich nun jeweils im Juni an dem Männerseminar in Werfenweng teil, das südlich von Salzburg inmitten eines überwältigenden Bergpanoramas liegt. Zu jedem Seminar gehört eine Bergtour. – »Vor einem Jahr hätte ich die 1.000 m Höhenmeter nicht geschafft«, erzählte mir auf einer Wanderung ein Teilnehmer, der als etwa 50jähriger arbeitsunfähig geworden war. Gesunde Ernährung, Bewegung und bewusste positive Lebenseinstellung hatten maßgeblich zu seiner »Wiedergeburt und Heilung« beigetragen. Auf diesen Wanderungen entwickelten sich Männerfreundschaften.

Gordon - wie wir ihn liebevoll nennen - spricht immer wieder von dem notwendigen »Blick hinter die Kulissen« und erzählt von gesunden Gegenden mit guter Strahlung. Ich wusste, was er meinte, intuitiv hatte ich diese Erfahrung selbst schon mehrfach gemacht. »Die Erde ist für uns eine Bühne, ein Schauspiel«, sagt Gordon und: »Esse, was der Körper braucht und benötigt.« Und lache! Gordon lacht gerne. Lachen ist gut, sagt er.

Als in mir der innere Entschluss gereift war, die IG FÜR...,
die »Interessengemeinschaft FÜR gesunde Lebensmittel e. V.«
gründen zu wollte, fragte ich Gordon um seinen Rat. Kurz aber
treffend war seine Empfehlung:

Erstens: DIPLOMATIE – Zweitens: DIPLOMATIE – Drittens: DIPLOMATIE

1934 kam Fraser als gerade 20jähriger zum Studium nach
München. »Deutschland war für mich ein Synonym für Kultur,
die zu den wichtigsten Dingen in meinem Leben gehört.« Aus
diesem Grund zog es den jungen Amerikaner selbst in einer
Zeit, als Hitler schon an der Macht war, noch nach Deutschland.

Neben Sprachen und Kunst widmete sich Gordon Fraser
zunächst einer kaufmännischen Ausbildung die – zurück in
den USA – reichlich Früchte tragen sollte. Mit einer schweren
Erkrankung kam die Erfahrung, »dass es mir umso schlechter
ging, je länger ich behandelt wurde«.

Fraser ist ein konsequenter Mann und handelte. Er baute seine
beruflichen Verpflichtungen ab, studierte die Lebensregeln der
verschiedenen Kulturkreise und Religionen und beschäftigte
sich mit bewusster Ernährung.

- »Dabei begriff ich immer mehr, dass es die wichtigste Aufgabe im Leben ist, die eigenen Schwächen zu erkennen
  und abzubauen, die geistigen Werte zu entwickeln, seine
  Stärken einzusetzen, um zum eigenen Ich, zum Sinn des
  eigenen Lebens zu finden.«

- »Der Weg zur optimalen Gesundheit, zur Erhaltung der
  Vitalität, muss die positive Entfaltung der Persönlichkeit
  einschließen. Gesundheitliche Störungen führen in Kon-

flikte und in Konfrontationen. Gutes für sich und für andere kann man nur bewirken, wenn Gehirn und Nerven störungsfrei funktionieren.«

Diese Botschaft vermittelt Gordon Fraser seinen Zuhörern. Dabei verschweigt er nicht, dass es ein hohes Maß an Disziplin, ein sehr konsequentes Verhalten erfordert, sich durch eine dauerhaft vernünftige Lebensweise vor Krankheiten zu schützen – »denn meist sind es unsere sorgfältig gehegten Charakterschwächen, an denen unsere Bemühungen scheitern.« Mutmachend fröhlich setzt er hinzu: je mehr Lebenserfahrung ein Mensch aber gesammelt und je mehr Rückschläge er erlitten habe, umso leichter erkenne er die individuelle Bestimmung seines Daseins.

Begegnungen mit dem 88jährigen amerikanischen
Ernährungsphilosophen Gordon Freeman Fraser bei einem seiner
Seminare im Jahr 2002.

Ökumenische Bischofs-Begegnung

Gebet
bei der Jahrestagung der Interessengemeinschaft FÜR gesunde
Lebensmittel
Kolpinghaus, 26. November 2004

(katholischer Weihbischof Johannes Kapp und
evangelischer Landesbischof Dr. Martin Hein im Wechsel)

Bischof Dr. Hein:
Gott, Schöpfer und Erhalter,
wir freuen uns an klarem Wasser, an frischer Luft,
am täglichen Brot wie am Duft reifer Äpfel;
wir freuen uns an allem, was die Erde hervorbringt,
an allem, was kreucht und fleucht.
Wir sind dankbar, daß es uns so gut geht,
daß wir schon fast sechzig Jahre in unserem Land in Frieden
leben
und hoffen, auch im Frieden sterben zu können.
Wir freuen uns an unseren Kindern und Enkelkindern,
sehen, wie sie wachsen und zunehmen an Vernunft.
Für unsere Kinder hoffen wir,
daß sie - so wie wir - an gedeckten Tischen alt werden
und daß sie - mehr noch als wir - das Teilen üben.
Bring uns dahin, uns selbst einzuschränken in unseren vielen
Wünschen,
für unsere Kinder,
laß uns nicht zu Narren werden, die alles, was möglich ist,
haben und besitzen wollen.
Bring uns dahin, daß wir mit den Kräften unseres Gemütes und
unseres Verstandes mit deiner Schöpfung leben.

Weihbischof Kapp:
Unser Gott, du Schöpfer und Erhalter alles Lebendigen,
wir bitten dich für deine von uns Menschen so geschundene
Schöpfung,
daß wir pfleglich mit ihr umgehen,
daß wir sie bebauen, aber auch bewahren.
Stärke das verantwortliche Handeln in Industrie und Wirtschaft,
in Haushalten und Gärten, in der Landwirtschaft und im
Verkehr,
damit auch unsere Kinder die Luft atmen,
das Wasser trinken und den Boden bepflanzen können.
Hilf uns, deine Schöpfung ganz neu zu entdecken,
ihre Farben und ihren Duft, ihre Vielfalt und ihre Bedrohtheit.
Laß uns auch in den kleinsten Geschöpfen deine Liebe erkennen.

Bischof Dr. Hein:
Himmlischer Vater, wir bitten dich für alle Menschen,
die besondere Verantwortung haben in leitenden Stellen der
Industrie,
des Handels, der Verwaltung, der Wissenschaft und der Politik,
daß sie erkennen, was gut und nötig ist,
und die anderen davon überzeugen können.
Wir beten für alle, die beunruhigt sind,
getrieben von Angst um die Bewohnbarkeit der Erde
und das Überleben der Menschheit,
die verzweifelt sind über die Schwierigkeiten,
sinnvolle Maßnahmen durchzusetzen,
und über die Stumpfheit so vieler,
daß du sie bewahrst vor Verzweiflung
und sie fähig machst, rettende Wege zu entdecken.

Weihbischof Kapp:
Du hast uns deine Schöpfung anvertraut, heiliger Gott.
Wir bitten dich für die Welt, in der wir leben
und für die wir verantwortlich sind,
daß wir sie nicht ausbeuten und zerstören,
sondern mit Vernunft und Vorsicht verwalten und bewahren,
damit wir den Lebensraum, den du uns anvertraut hast,
für uns und unsere Nachkommen erhalten.
Gib uns deinen Geist, daß wir bewahren, was du geschaffen hast,
sorgfältig umgehen mit allem, was wir zum Leben brauchen,
und fremdem wie eigenem Leichtsinn widerstehen.
Laß uns, Herr, nach neuen Zielen für unsere Wirtschaft streben
und lernen, mit den bedrohten Gütern der Erde behutsam umzugehen,
Leben zu schützen und zu bekämpfen,
was das Leben zerstört, zu heilen, was zerstört ist.

Gott segne Ihr Zusammensein und schenke Ihnen einen fruchtbaren Austausch. Er gebe Ihnen Kraft und stärke Ihre Hoffnung für eine heilvolle Zukunft.

Weihbischof Kapp und Bischof Dr. Hein gemeinsam:
Der Herr segne Dich und behüte Dich,
der Herr lasse sein Angesicht leuchten über dir und sei dir gnädig,
der Herr erhebe sein Angesicht auf Dich und schenke dir Frieden. Amen.

Ökumenische Bischofs-Begegnung
bei der IG FÜR... Jahrestagung am Freitag, 26. November 2004,
in Fulda
von Links: Georg Sedlmaier, Bischof Dr. Martin Hein -
Evangelische Kirche Kurhessen-Waldeck, Johannes Kapp - Katholischer
Weihbischof Bistum Fulda

»Optimisten leben länger!«
Begegnung mit Tante Gustl

Selbst vielerlei Schicksalsschläge konnten unsere »Tante Gustl« nicht aus der Bahn werfen. In beiden Weltkriege und den Jahren der Inflation verlor sie jeweils ihr ganzes Hab und Gut. Doch sie blieb optimistisch, lebenslustig und froh und baute sich mit Elan immer wieder eine neue Existenz auf.

Man konnte es kaum glauben, dass man mit einer 100jährigen sprach, so lebhaft erzählte sie Episoden aus ihrer sehr bewegten Vergangenheit.

Geboren wurde Auguste Schwaighofer am 26. August 1884 auf dem Gut Hübschmühle zwischen Seeshaupt und Weilheim/ Oberbayern. Dort verlebte sie eine wunderbare Jugend, ging auf die Jagd, lernte Reiten und Fischen. Als sie 15 Jahre alt war, kam die erste große Lebensprüfung. Sie verlor ihre Mutter und musste jung wie sie war die Leitung des Hofgutes übernehmen.

Mit 20 Jahren heiratete sie. Durch unglückliche Umstände verlor sie das Hofgut. 1921, mit 37 Jahren, lies sie sich scheiden und nahm ihr Leben wieder selber in die Hand. Von 1927 bis 1932 lebte Tante »Gustl« in Bad Reichenhall und führte die Pension Schwaighofer in der Luitpoldstraße 6a, das spätere Haus Gartenlaube.
»Ich hatte immer genug Gäste, denn meine Pension war wegen ihrer guten Küche bekannt« erzählte sie.

Glück hatte sie im Januar 1945. Als Angestellte der Raststätten GmbH hatte es sie in den Sudetengau verschlagen, wo sie jahrelang eine große Autobahnraststätte leitete. Nur einem Telegramm ihres Schwiegersohnes, in dem er mitteilte, dass ihre

Tochter schwer erkrankt sei, hatte sie es zu verdanken, dass sie mit dem letzten Zug, der von Prag in Richtung Heimat fuhr, nach Deutschland zurückkehren konnte.

Wir lernten sie während ihrer Münchener Jahre in Obersendling kennen. Sie hatte dort ein kleines Appartement neben dem meiner späteren Ehefrau Marianne gemietet. Zwischen beiden Frauen entwickelte sich ein freundschaftliches Verhältnis. Marianne brachte ihr regelmäßig vom Feinkosthaus Dallmayr »kleine Schmankerl« mit. Obwohl sie alleine lebte, »zelebrierte« »Tante Gustl« ihre Mahlzeiten an einem perfekt gedecktem Tisch mit Kerze und Serviette. Sie hatte zeitlebens einen etwas empfindlichen, schwachen Magen. Durch Eßkultur und langsames, genießendes Essen sorgte sie für ihn und gegen Beschwerden.

Marianne und »Tante Gustl« gingen öfter zum 5Uhr-Tanz-Tee ins Park-Café am Münchener Alten Botanischen Garten. Zum abendlich gemeinsamen Weintrinken in alten Münchener Weinlokalen kam ich dazu. Immer wieder überraschte uns »Tante Gustl« mit ihrer Fähigkeit einen ganzen Tisch junger Menschen mit ihren Geschichten zu unterhalten.

Unsere Töchter Bettina und Andrea liebten »Oma Schwaighofer«, die wir oft in unsere wechselnden Familienwohnungen im Allgäu einluden, wo wir gemeinsame Wochen mit vielen Erzählungen, kleinen Autoausflügen, Spaziergängen und gutem, liebevoll zubereiteten Essen verbrachten.

Bis zu ihrem 82. Lebensjahr konnte sich Gustl Schwaighofer rundum selber versorgen. Auch später war sie körperlich und geistig voll auf der Höhe, nur Gehör und Sehkraft ließen immer mehr nach, und es wurde für sie zunehmend schwieriger dem Patiencenlegen, ihrer größten Leidenschaft, zu frönen. Zwölf Variationen kannte sie von der Heirats- über die Napoleons- bis zur Zank-Patience. Daneben beherrschte sie viele andere Kartenspiele, ging gern Tanzen, Kegeln oder warf die Boccia-Kugel.

An ihrem 90. Geburtstag tanzte sie mit dem Münchener Bürgermeister so intensiv, dass sie tags darauf Muskelkater hatte.

Der Ruhesitz Kirchberg in Bad Reichenhall wurde ihre letzte Lebensstation.
»Ich fühle mich hier sehr geborgen und es war mein größter Herzenswunsch, meinen 100. Geburtstag hier in Bad Reichenhall – einer Stätte meiner Jugend – zu erleben«, sagte die Jubilarin einem Journalisten des Reichenhaller Tagblattes.

Dass sie so alt wurde, schrieb sie ihrem steten Optimismus und ihrer disziplinierten Lebensweise zu. Einen Schwips - behauptete sie - habe sie nie gehabt.

Mit einem gemeinsamen Vater-unser-Gebet an ihrem Sterbebett verabschiedeten Marianne und ich uns von Tante Gustl.
Die über zwei Jahrzehnte gepflegte Freundschaft übertrug sich wie selbstverständlich auf ihre Tochter Erika, die in Reit im Winkel wohnt, und ihre Mutter zu Lebzeiten so oft es ging besucht hatte.

Begegnung mit Ministerpräsidenten

In Jena wurde am 29. Februar 1996 im Stadtzentrum die Goethe Galerie – ein Einkaufszentrum mit über 80 Geschäften – feierlich eröffnet.

Der Ministerpräsident des Freistaats Thüringen, Dr. Bernhard Vogel, der Ministerpräsident a. D. und jetzigen Vorstandsvorsitzender der Jenoptik AG, Dr. hc. Lothar Späth, der Jenaer Oberbürgermeister, viel andere Prominenz und Vertreter von Fernsehen und Presse waren erschienen.

Nach den Ansprachen schickte sich Dr. Bernhard Vogel an, das »rote Band« zu durchschneiden. Ein Rundgang durch das neueste Thüringer Vorzeigeprojekt sollte beginnen.

»Jetzt oder nie!« dachte ich als Vorstandsmitglied von tegut... und ging auf Dr. Vogel zu. »Sie werden mich nicht kennen, ich bin Georg Sedlmaier und Konzeptleiter der Firma tegut..., die hier in der Goethe Galerie einer der Hauptpartner ist. Außerdem habe ich einmal im Franziskaner Brauhaus in München an Ihrem Nachbartisch Weißwürste gegessen. Darf ich Sie durch das Center führen und Hinweise geben?«

Ich durfte. Zu meiner Freude folgten er und alle anderen Ehrengäste mir durch die breite Mall zur Firma tegut..., wo alle über den hohen Besuch des Landesherren überrascht waren. Wir boten gebackene Bananen und andere Lebensmittelspezialitäten an. Ich erklärte, dass wir unsere neuen Lebensmittelfachmärkte nach dem Tagesablauf aufbauen: Alles für's Frühstück, dann für das Mittagessen, dann die so genannte Nonfood-Blase mit Kosmetik etc. und zum Abschluss die Abendgruppe mit Wein, Getränken, Süßwaren und Knabberartikeln, sozusagen als Belohnung für einen guten Einkauf und einen guten Tag. Wir haben das Angebot nach einem althergebrachten Marktplatzprinzip angeordnet, wie man es heute fast nur noch in Italien findet: in der Mitte die Frischwaren, davon ab gehen Verkaufsgassen mit den anderen Angeboten.

Zu meiner Überraschung sagte der Ministerpräsident, ohne das ich darauf hingewiesen hätte: »Wie in Bologna.«

Und noch etwas überraschte mich: die Honoratioren interessierten sich wirklich für unser Konzept und darüber hinaus für die Ausbildung unserer Mitarbeiter, die »tegutianer«.
Seit Jahren machen sie in Selbstlern-Seminaren »Ernährungslehre«, um den Kunden über den ernährungsphysikalischen Nutzen von Lebensmitteln als »Mittel zum Leben« fundierte Auskünfte geben zu können.

Dr. Lothar Späth (nicht nur in Baden-Württemberg als das »Cleverle« bekannt) bat mich um die Zusendung der Lernprogramme. Ich glaubte an eine Geste der Höflichkeit und rechnete nicht mit einer Reaktion. Umso mehr überraschte mich sein Brief vom 20. März 1996, in dem er unter anderem schreibt:

»Sie wissen ja selbst, wie es ist, wenn man den ganzen Tag im Büro sitzt, sich wenig bewegt und abends gesellschaftliche Verpflichtungen wahrzunehmen hat. Dann gerät die Gesundheit ganz ins Vergessen, was man jedoch im Nachhinein bitter zu spüren bekommt.
Ich setze mich nun zum ersten Mal mit ernährungswissenschaftlichen Dingen auseinander und muss sagen, dass es mir sehr gut bekommt und weitaus besser geht als zuvor.«

Nach dem zweistündigen Rundgang überreichten wir den prominenten Besuchern frisches Bio-Obst aus unserem reichhaltigen Sortiment.
Das alles hätte ich sicher »mit langer Hand vorbereitet« meinten vertraulich einige Persönlichkeiten mir gegenüber. Ich widersprach nicht, aber schmunzelte innerlich. Nichts war vorbereitet. Ich hatte spontan die Gelegenheit zur persönlichen Begegnung genutzt.

Begegnungen bei der »Götterdämmerung» von Richard Wagner

Im Meininger Theater in Thüringen wurde die »Götterdämmerung» gegeben. Meine Frau und ich saßen im Publikum, als ich schräg gegenüber den Ministerpräsidenten Dr. Bernhard Vogel als aufmerksamen Zuschauer entdeckte.

Ein paar Jahre waren seit unserer ersten Begegnung in Jena verstrichen. Wir hatten einige Briefe gewechselt, in denen ich ihn über den aktuellen Stand meiner Sammelaktivitäten für SOS Kinderdorf und die IG FÜR... informierte.

Marianne bemerkte, dass ich den Ministerpräsidenten beobachtete und meinte leise zu mir: »Lass ihn bitte in der Pause in Ruhe. Auch ein Ministerpräsident hat das Recht auf ungestörte Freizeit!«

Ich nickte und gab ihr Recht. Für kurze Zeit. In der Theaterpause hatte ich es wieder vergessen und erinnerte den Ministerpräsidenten an unsere Begegnung. Er wandte sich mir zu. Ich erzählte ihm Neuigkeiten von tegut..., von SOS Kinderdorf und der IG FÜR... . Es interessierte ihn.

Bald darauf, am 30. Mai 2001, erhielt ich von ihm einen Brief, in dem er unter anderem schrieb:

»Sie weisen zu Recht auf die ernährungsbedingten Krankheitskosten hin und wir stehen hier in der Pflicht, die Menschen auf die Zusammenhänge zwischen Ernährung und der Gesundheit hinzuweisen. Machen Sie weiter so...

Ich freue mich auf unsere nächste Begegnung!«

Ich zeigte den Brief meiner Frau. »Siehst du!«

Bei einer Wahlversammlung der CDU in Kassel mit den beiden Ministerpräsidenten Roland Koch und Dr. Bernhard Vogel musste ich erst seine »Leibwächter« überzeugen, um vorgelassen zu werden, weil ich ihm das neueste Rundschreiben der »IG FÜR... gesunde Lebensmittel« persönlich überreichen wollte. Bei der Gelegenheit bat ich den Ministerpräsidenten spontan um ein gemeinsames Foto für ein Titelbild des nächsten Rundschreibens. Ja, aber wer fotografiert uns? »Ihr Leibwächter könnte es machen«, schlug ich vor. Und der machte es.

Dr. Bernhard Vogel schrieb kurze Zeit darauf auch für eines der nächsten IG FÜR...-Rundschreiben ein Vorwort.

Das Foto des Leibwächters:

Dr. Bernhard Vogel, Ministerpräsident des Freistaates Thüringen, wird von Georg Sedlmaier das IG FÜR...-Rundschreiben überreicht.

Begegnungen
mit dem Bergsteiger und »Grenzgänger« Reinhold Messner

»Wenn Sie wüssten, wie viele Briefe Reinhold Messner erhält. Er kann nicht alles machen«, lautete die höfliche, aber klare Absage seines Südtiroler Büros auf meine Anfrage. Ich wollte Reinhold Messner als Ehrenmitglied der IG FÜR… gewinnen und hatte ihm im Januar 2002 aus dem Krankenhaus geschrieben, wo ich mit einem Splitterbruch am Oberschenkel lag und Zeit zum Nachdenken und Briefeschreiben hatte. Ich war in Berlin nach der Eröffnung der Grünen Woche, zu der ich einen Vortrag gehalten hatte, auf Glatteis ausgerutscht. Die Absage Messners ließ mich nicht ruhen.

Bereits Anfang der 90er Jahre hatte ich ihn auf einer Veranstaltung mit etwa 300 Lebensmittelkaufleuten in München als »Stargast« und brillanten Erzähler erlebt. Wir fühlten mit ihm, waren gleichsam mit in die »Gletscherspalte« abgestürzt und freuten uns über jede seiner gelungenen Besteigungen der Achttausender-Gipfel im Himalaya. Man hätte eine Stecknadel fallen hören, so gebannt hörten wir zu. Neben mir saß Marlies Blohm-Harry – eine der erfolgreichsten Brotbäckerinnen Deutschlands. Wir spürten die knisternde Schwingung der ungewöhnlich spannenden und mitreißenden Atmosphäre im großen Tagungssaal. Ein Erlebnis.

Seit 1969 hat Messner mehr als hundert Expeditionen in Gebirgen und Wüsten unternommen und drei Dutzend Bücher veröffentlicht, in denen er die vielen Erstbegehungen beschreibt und von seinen Besteigungen aller vierzehn Achttausender berichtet. Bei allen Erfolgen war der Südtiroler nie um Rekorde

75

bemüht, ihm ging es um das Ausgesetztsein in weitgehend unberührten Naturlandschaften.

Im Jahre 2002 engagierte sich Messner als Botschafter des Internationalen Jahrs der Berge. Für Italien ließ sich Messner als Abgeordneter in das Europa Parlament wählen. Seinem Weg durch die Fährnisse der Politik widmete er sich so engagiert wie seinen Expeditionen, aber erklärtermaßen nur für eine Legislaturperiode. Auf seiner Südtiroler Burg ist er Öko-Landwirt und will vier Alpin-Museen in Bergeshöhe initiieren, von denen eines bereits in den Dolomiten existiert. »Den Bergen wohnen Werte inne!« ist seine Botschaft.

- » Die Berge sind erhabene Räume, keine Bauwerke, also völlig natürlicher Raum. Und schließlich war da oben auch die Stille daheim. Die Stille war ein Wert, der zu den Bergen gehörte. Meine Philosophie ist:
Wenn man ihre Werte intakt lässt und keine Infrastrukturen schafft, dann funktionieren sie gleichzeitig als eine Art Filter, damit nicht die großen Massen ganz nach oben kommen.« (Reinhold Messner)

Im April 2002 war in Wuppertal in der großen Stadthalle die Jahrestagung der MLF = Mittelständische Lebensmittel Filialbetriebe geplant. Reinhold Messner war als Referent gewonnen worden. Das war die Gelegenheit ihn noch einmal auf die Ehrenmitgliedschaft in der IG FÜR... anzusprechen.

Das IG FÜR...-Mitglied Jürgen Bröckelmann holte Messner vom Flughafen ab. »Sie müssen Messner auf mich vorbereiten«, bat ich ihn, »ich will ihn unbedingt sprechen.« Und es klappte. Bevor er in Halle trat, traf ich ihn am Seiteneingang und konnte ihm ungestört die Ziele und das Wozu der IG FÜR... erläutern.

»Herr Messner, wir haben das im *Fuldaer Lebensmittel Manifest* auf einer Seite zusammengefasst .» Damit hatte ich offensichtlich ins Schwarze getroffen.

»Ich habe immer nur Unternehmungen ausgeführt», sagte er, »die ich auf einer Seite klar beschreiben konnte. Ich werde Mitglied Ihrer Interessengemeinschaft. Wo soll ich unterschreiben?«

»Ihr Ja-Wort und ein Händedruck genügen.«

Als wir in die Aula der Wuppertaler Stadthalle gingen, kamen wir auf die Frage, welche Berufsbezeichnung auf seine Tätigkeit zuträfe. Messners Motiv ist ja weniger, sein Tun als Beruf auszuüben, als vielmehr, seiner Berufung zu folgen.

»In dem Sinne habe ich keinen Beruf«, sagte er. – Wir einigten uns auf »Grenzgänger«.

Für mich war mit Messners Beitritt ein langgehegter Wunsch in Erfüllung gegangen. Ich musste meine Begeisterung mit jemanden teilen und bat in der Versammlung für eine persönliche Erklärung um das Mikrophon:

»Reinhold Messner ist seit eben neues Ehrenmitglied der IG FÜR.... . Bitte freuen Sie sich mit mir.«

Zehn weitere Lebensmittelkaufleute folgten spontan seinem Beispiel.

Kurz darauf wurde die Olympiasiegerin von Salt Lake City, Kati Wilhelm (2 x Gold, 1x Silber im Biathlon) ein weiteres prominentes Ehrenmitglied der IG FÜR...

Für mich hatte sich wieder einmal die positive Erfahrung der persönlichen Begegnung bestätigt.

Reinhold Messner und Georg Sedlmaier am 17. April 2002 auf der
MLF-Tagung in Wuppertal

Begegnung mit dem Hindu und Magister Jayanta P. Bhattacharya in Nordindien, Februar 2004

»Meine Herrschaften...«, in perfekten Wiener-Deutsch begrüßte Jayanta, dessen Name »König des Himmels« bedeutet, unsere 14köpfige Studienreise-Gruppe aus dem winterlichen Deutschland. Jayanta spricht Hindu, Bengali, Englisch und Deutsch. Den Wiener Akzent hat er, der selbst nie in Österreich oder Deutschland war, von seiner Deutschlehrerin, einer Wiener Professorin, übernommen. Wie sein verstorbener Vater will er Universitätsprofessor in Indien werden. Als Jüngster von zwei Schwestern und einem Bruder ist er noch ledig. Seine Mutter hatte es nicht leicht, nach dem Tode des Vaters die Familie zu ernähren. Dennoch, oder vielleicht gerade deshalb, unterstützt Jayanta zusammen mit Bekannten und Freunden fünfzig indische Schulkinder aus ärmsten Familien mit Geld für Schule, Bücher und Nachhilfeunterricht.

Jayanta ist umfassend gebildet, hat zum Beispiel die »Buddenbrocks« und viele deutsche Romane im Original gelesen, und war uns in allem ein idealer Reise- und Kulturführer. »In Indien«, erklärte er uns, »kann man nur mit Glauben leben (überleben).«
Es war für mich beeindruckend zu sehen, wie selbstverständlich die religiösen Werte tatsächlich überall im Land gelebt werden. Das beginnt im Alltag bei der morgendliche Meditation mit Räucherstäbchen und Verneigungen, mit Blumenspenden, Tempelbesuchen und reicht bis zu den rituellen Bädern in den heiligen Flüssen Yamuna und Ganges (Mater Ganga), die im Himalaya, dem Wohnsitz des Gottes Shiva, entspringen.

Die Flusstradition ist über 4000 Jahre alt. Bei den rituellen Festen werden tausende von Lichter entzündet, die dann schwimmend den Strom hinab treiben. Die drei höchsten hinduistischen Götter, Brahma, der Weltenschöpfer, Vishnu, der Weltenerhalter, und Shiva, der Weltenzerstörer, sind in der »Trimurti«, einer Dreieinigkeit verbunden.

Varanasi (früher Benares genannt) am Ganges ist die Heimat von Jayanta. Zur Reinigung und Läuterung tauchen die Pilger in den »heiligen Stunden vor dem Sonnenaufgang« viermal in das Wasser des Heiligen Flusses ein. Einmal zur eigenen Läuterung, einmal im Gedächtnis des eigenen Lehrers, einmal für den Nachbarn, einmal für die Freunde.

Den Hindus, die in ihrer Religion eine spirituelle Verbindung zu ihren Vorfahren pflegen und ihr Leben als eine Vorbereitung und Läuterung für den Tod und der »Wiedergeburt« begreifen, gilt es als eine besondere Gnade in Varanasi am heiligen Fluss Ganges zu sterben. Die Toten werden an den Ufern des heiligen Flusses Ganges rituell verbrannt. Der älteste Sohn, weiß gekleidet und die Haare kurz geschoren, entzündet in Kopfhöhe des Toten das Feuer, das etwa sechs Stunden brennt und dessen Asche dem Fluß übergeben wird.

Eines Abends sprachen Jayanta und ich über gesunde, natürliche und ungesunde, verfälschte Lebensmittel, über irreführende Bezeichnungen und über »grüne Gentechnik«.

Ich berichtete ihm von meinem Engagement für Lebensmittel als »Mittel zum Leben«.

Jayanta war sehr daran interessierte. »90 Prozent der Menschen interessieren sich nur für sich selber. Sie interessieren sich für das Allgemeinwohl und die Volksgesundheit«, meinte er anerkennend. »Das ist sehr wichtig und gut für das Karma. Ich werde es über Nacht bedenken.«

»Ich möchte Sie unterstützen«, hatte er sich anderntags ent-
schieden, »und werde in Indien diese wichtige Idee fördern.« An
Ort und Stelle wurde er Mitglied der »Interessengemeinschaft
FÜR gesunde Lebensmittel e. V..«

Seither sind wir Freunde und beten jeden Donnerstag abends
für einander – begegnen uns gleichsam auf einer großen, Kon-
tinente überspannenden, geistig-seelischen Brücke.

Seine Heiligkeit, der Friedensnobelpreisträger

Der XIV. Dalai Lama, geboren 1935, ist seit fast fünfzig Jahren das geistliche Oberhaupt der Tibeter, Politiker und Mönch zugleich. Nach der Besetzung Tibets durch die Chinesen floh er 1959 nach Indien, wo er seitdem mit vielen seiner Landsleute im Exil lebt. Sein unermüdlicher Einsatz für Frieden, Gerechtigkeit und Verständigung wurde 1989 mit dem Friedensnobelpreis geehrt.

Er wird überall in der Welt als eine weise, friedvolle, moralische Persönlichkeit geschätzt.

»Perspektiven für ein erfülltes Leben –
Denn trotz des Wohlstands sind viele Menschen gerade in der westlichen Welt mit ihrem Leben unzufrieden, suchen eine neue innere Ruhe, die mit Konsum und Luxus nicht zu erlangen ist. Schritt für Schritt zeigt der Dalai Lama, wie man sich wieder auf positive menschliche Eigenschaften und Werte wie Einfühlungsvermögen, Demut, Gemeinschaftssinn und Aufrichtigkeit zu besinnen lernt und schließlich zu einer neuen Ethik des Handels findet«, hatte ich in seinem »Buch der Menschlichkeit« gelesen und wollte ihm schreiben.

Ich erfuhr aus »gewöhnlich gut unterrichteten Kreisen«, dass sein Büro in Nordindien die zahlreich eingehende Post sortiert und nur wenig davon dem Dalai Lama persönlich vorgelegt wird. Ich wollte ihn aber direkt über die Ziele der IG FÜR... informieren und ihn um seine ideelle Unterstützung bitten.

Ich erinnerte mich, dass den Gründer der SOS Kinderdörfer Hermann Gmeiner eine herzliche Freundschaft mit dem Dalai Lama verbunden hatte, und wandte mich an seinen Nachfolger, den SOS-Kinderdorf-Präsidenten Helmut Kutin. Er war bereit, bei seinem nächsten Indienbesuch meine Briefbotschaft persönlich mit einem Begleitschreiben dem Dalai Lama zu überreichen.

Am 6. August 2002 erhielt ich vom Dalai Lama Antwort in einem beeindruckend gestalteten Schmuckumschlag mit zwei Einlegeblättern. Allein seine Unterschrift ist für mich ein eigenes Kunstwerk.

Eine Woche später, am 15.8.02, war in der Fuldaer Zeitung zu lesen:

Unterstützung von Dalai-Lama, Fuldaer Zeitung vom 15.08.2002

Die vom Fuldaer Lebensmittelkaufmann **Georg Sedlmaier** initiierte **Interessengemeinschaft für gesunde Lebensmittel (IG)** hat inzwischen Fördermitglieder aus 73 verschiedenen Berufen, die aus fünf europäischen Ländern kommen. Jetzt hat die IG mit dem Dalai-Lama eine international bekannte und als moralische Instanz respektierte Persönlichkeit für sich gewonnen. Der Dalai-Lama wird von Buddhisten als Wiedergeburt Buddhas verehrt. Seit der chinesischen Besetzung Tibets lebt er im Exil in Indien. In seinem Schreiben an Georg Sedlmaier schreibt er: »Ich freue mich, meine Unterstützung dem Fuldaer Lebensmittelmanifest zur Verfügung zu stellen.« Viele Tibeter besäßen nomadische Wurzeln und hätten deshalb intuitiv Respekt vor den natürlichen Grenzen der Bodennutzung. Weiter heißt es: »Darüber hinaus war unser Essen in Tibet vollständig natürlich und rein. Deshalb ist die Idee des Lebens in Harmonie mit der Natur etwas, für das ich instinktiv eine Sympathie habe.« Abschließend weist der Dalai-Lama darauf hin, dass es gelte, neben der Qualität der Lebensmittel auch zu berücksichtigen, dass viele Menschen in der Welt nicht genug zu essen haben.

Beim ökumenischen Kirchentag 2003 in Berlin und kurz darauf im Olympiastadion in München habe ich die faszinierende Persönlichkeit des Dalai Lama selbst erlebt. Einen kleinen Eindruck davon vermittelt das Zitat aus seinem »Buch der Menschlichkeit«, wo er am Ende schreibt:

»Ich möchte zum Schluss ein kleines Gebet mit Ihnen sprechen, eines, das mir in meinem Bemühen, anderen zu helfen, selbst immer sehr hilfreich ist:

Möge ich jetzt und immer so sein:
Ein Beschützer für die, die niemand beschützt,
Ein Führer denen, die sich verirrt haben,
Ein Schiff für die, die über die Meere ziehen müssen,
Eine Brücke für die, die Flüsse überqueren müssen,
Ein Asyl für die, die in Gefahr sind,
Eine Lampe für die, die kein Licht haben,
Eine Zuflucht für die, die ohne Schutz sind,
Und ein Diener all denen, die Hilfe brauchen.«

THE DALAJ LAMA

To Whom it May Concern

I am happy to lend my support to the Fulda Statement of Food Principles. Many of us Tibetans have nomadic roots and nomads are generally not driven by greed or a constant urge for increased yield, but have an intuitive respect for the nattlrallimits of the fruits of the land. Moreover in Tibet our food was entirely natural and pure. So the idea of living and eating in harmony with nature is something for which I have an instinctive sympathy.

I would also like to say that while concern about the quality of our food is admirable, we must also consider how to help those people in this world who do not have enough food of any kind.

August 4, 2002

Übersetzung:

Ich freue mich, dem Fuldaer Lebensmittel Manifest meine Unterstützung zur Verfügung zu stellen.

Viele Tibeter und Nomaden sind normalerweise nicht getrieben von Habgier und dem dauernden Zwang für Erhöhung der Ausbeute, sondern haben einen natürlichen Respekt für die natürlichen Grenzen des Landertrags.

Darüber hinaus war unser Essen in Tibet ausschließlich natürlich und rein. Deshalb ist die Idee des Lebens und Essens im Einklang mit der Natur etwas, für das ich instinktiv eine Sympathie habe.

Ich möchte gerne sagen, daß, obwohl die Sorge um die Qualität unserer Lebensmittel lobenswert ist, wir auch berücksichtigen müssen, wie wir den Menschen in dieser Welt, die nicht genügend zu essen haben, helfen können.

Der Dalai Lama
4. August 2002

Biblische Männerbegegnungen morgens um 6:30 Uhr

1991 frage mich mein Chef, Herr Wolfgang Gutberlet, ob ich an dem frühmorgendlichen Mittwochs-Meeting im Pfarrhaus bei Pfarrer Winfried Abel Interesse hätte. Sechs bis acht Männer würden sich hier zu Bibellesung, gemeinsamen Studium und Meditation treffen. Seither nehme ich regelmäßig daran teil.

Die unterschiedlichen Berufe der Teilnehmer erhöhen den Reiz und die Vielfältigkeit der Ansichten und Gesprächsbeiträge. In einer Wohnzimmerrunde sitzen um einen Tisch, auf dem eine brennende Kerze leuchtet: ein Sparkassenvorstand, ein EDV-Fachmann, ein Oberarzt, ein Staatsanwalt, ein Speditionsunternehmer, ein Versicherungskaufmann, ein Caritasdirektor, mein Chef und ich, der Lebensmittelkaufmann. Vor Kurzem ist ein weiterer kaufmännischer Unternehmer hinzu gekommen. In dieser Runde sitzen katholische und evangelische Christen an einem Tisch vereint. Es gab Zeiten, da dies in unserem Land nicht möglich gewesen wäre. Die »Seele« dieser Mittwochfrüh-Begegnungen ist der katholische, ökumenisch aufgeschlossene, jetzt 65jährige Pfarrer Winfried Abel, der zehn 10 Jahre lang Gefängnisseelsorger gewesen war, und dessen religiöse Vorträge auf Tonbandkassetten in alle Welt versandt werden.

Nach einem kurzen Austausch über aktuelle Ereignisse und Befindlichkeiten beten wir gemeinsam und bitten den Heiligen Geist um Erleuchtung und Beistand. Pfarrer Abel bietet in der Regel den Bibeltext für den folgenden Sonntag zum Gespräch an. Einer der Teilnehmer liest den Text vor. Es folgt eine kurze stille Meditation zur persönlichen Betrachtung, dann kommentiert Pfarrer Abel die Bibelstelle aus seiner theologischen Sicht und eröffnet das Gespräch. Seit vielen Jahren erstaunt es uns in dieser Männerrunde immer wieder, wie viele unterschiedliche Aspekte und Sichtweisen in den Bibeltexten vereint sind.

Wir sind Hörende, Lernende, Betrachtende, Abwägende, Suchende, Entdeckende.

Aus diesen »blühenden« Diskussionen entwickelt sich nicht nur mancher »Samen« für die Sonntagspredigten von Pfarrer Abel, sondern für jeden von uns ergeben sich neue Erkenntnisse, die wir abschließend versuchen, in einem Satz so gut wie möglich auf den Kern zu bringen.

Nach dem priesterlichen Segen wechseln wir zum gemeinsamen Frühstück in das Speisezimmer, wo Schwester Veronika als »guter Geist des Pfarrhauses« mit Tee, Kaffee, herzhaftem Brot und vielen sehr schmackhaften, von ihr selbst zubereiteten Fruchtmarmeladen für unser leibliches Wohl sorgt. Während des Frühstücks reden wir über uns und manchmal auch über unsere Sorgen und Nöte. Auf wunderbare Weise gestärkt macht sich dann jeder gegen 8:00 Uhr zu dem Arbeitsplatz in seinem Wirkungsfeld auf. Nach Ferienzeiten wird in der Runde häufig festgestellt, dass der Urlaub schön war, aber einem die Mittwochbegegnung gefehlt hat.

Diese biblischen Männertreffen in aller »Herr-Gott-Frühe« sind mir Beitrag zu einem bewussten Leben und Schutz im Alltag geworden, dessen Hetze einen leicht verführt, »gelebt zu werden als folgsamer Konsument«, als Marionetten ohne Sinn. Die Andacht ist für mich eine wichtige Energie-Tankstelle - auch wenn mir das frühe Aufstehen nicht immer leicht fällt.

Rudi Holtermann singend und feiernd beim »geselligen Teil«
der MLF Tagung 1992

» ›Rudi‹ Rudolf Holterman«
oder:
»Mit 66 ist noch lange nicht Schluss!«

Für den selbständigen Lebensmittelkaufmann Rudolf (»Rudi«) Holterman wurde dieser Satz freudig erfahrene Lebenswirklichkeit.

Sechsundsechzig war er, als er seine vier Feinkostgeschäfte in Neuss/Rhein verkauft hatte. Kaufmann, der er war, wollte er auch seinen PC noch »an den Mann bringen« und fragte bei MLF (Mittelständische Lebensmittel-Filialbetriebe) nach, ob dort Interesse dafür bestünde.

Nein, an seinem PC war man dort nicht interessiert, aber an seiner Person. Man bat ihn für kurze Zeit aushilfsweise kaufmännische Arbeiten zu übernehmen. Rudi ahnte nicht, dass aus der kurzen Zeit 21 Jahre werden würden - und das in einer Zeit, in der 60 Prozent deutscher Firmen keine Mitarbeiter über 50 Jahre mehr beschäftigen.

Für Rudi Holterman begann ein neuer, ihn ganz und gar erfüllender Lebensabschnitt. Er konnte seine Lebenserfahrung und sein bemerkenswertes kaufmännisches Geschick einbringen in seine neue Tätigkeit als Geschäftsführer eines mittelständischen Lebensmittel-Filialbetriebs-Verbandes, des MLF. Von seinem häuslichen Büro aus konzipierte, organisierte und leitete er für die Mitglieder Fortbildungstagungen im In- und Ausland. Die ständig wachsenden Teilnehmerzahlen wurden zum beredten Hinweis auf die große Anerkennung, die diese Tagungen fanden.

Wer war Rudi Holterman?

Geboren wurde er am Silvestertag 1916 mitten im ersten Weltkrieg. Im streng katholischen Elternhaus war er der Jüngste von fünf Geschwistern, zwei Schwestern und zwei Brüdern. Er wuchs auf dem Büchel in Neuss auf, wo seine Eltern ein Feinkostgeschäft führten. Auf die Rheintorschule folgte das Quirinusgymnasium, das er – auf Verlangen seiner Eltern, die ihn als Geschäftsnachfolger ausersehen hatten – nur bis zur Obersekunda besuchte.

Es folgte eine Lehre als Lebensmittelkaufmann, zunächst in Köln, dann in Hannover, bis der Wehrdienst 1938 für ihn - wie für viele seiner Generation - nahtlos in den zweiten Weltkrieg überging. Erst Frankreich dann Sowjetunion, hieß es für ihn. Dank einer Krankheit, aufgrund derer er in die Heimat geschickt wurde, blieb ihm Stalingrad erspart, aber nicht ein zweiter Einsatz in Frankreich und eine kurze Kriegsgefangenschaft. Dann folgten Kriegsabitur und einige Semester Betriebswirtschaft an der Uni Köln. Auf den Fahrten von Neuss nach Köln lernte er seine spätere Frau Marlene kennen, die er 1947 heiratete.

Materielle Basis der jungen Familie war das elterliche Feinkostgeschäft, das er 1946 übernommen hatte. Es war nicht sein Lebenstraum, aber in der Nachkriegszeit von existentieller Bedeutung in doppeltem Sinne: »Essen müssen die Leute immer.«

Aus dem Feinkostgeschäft machte Rudolf Holterman den ersten Neusser Selbstbedienungsladen und eröffnete dann bei der Geburt jedes seiner Kinder eine neue Filiale.

Essen, Arbeit und Familie bestimmten sein Leben. Zu den vier Kindern Angelika, Rosmarie, Rudolf und Dorothee nahm die Familie 1954 noch Paul Overberg, den Sohn von Rudolf Holtermans Schwester Mimi, in die Familie auf.

Rudolf Holterman hatte erlebt, wie beschwerlich es für ein gutes Familienleben sein kann, wenn Geschäft und Wohnung unter einem Dach sind. So war er froh, dass er 1964 ein neues, stattliches Wohnhaus in der Sauerbruchstraße beziehen konnte und Geschäft und Familie getrennt waren. 1990 kam es zu einem schmerzlichen Einschnitt in seinem Leben. Seine Frau Marlene musste sich einer Lungenoperation unterziehen und erlitt während der Operationsvorbereitungen einen Schlaganfall, der ein Jahr später zum Tode führte. Mit liebevoller Hingabe hatte er sich in dem Jahr der Krankheit um seine Frau bemüht.

»Ich habe wieder eine Flamme«, gab er vor ziemlich genau 10 Jahren bekannt.

Zwei Jahre nach dem Tode seiner geliebten Frau Marlene lernte er Änni Dreesbach kennen und 1993 heirateten die beiden. Sie war ebenfalls Witwe und brachte sechs erwachsene Kinder und eine Schar von Enkelkindern mit. Für ihn brachte das einen neuen Aufschwung an Lebensfreude, die bis in seine Verbandsarbeit hinein wirkte.

»Wenn ihr mir die MLF nehmt, sterbe ich.« Das war nicht nur spaßig gemeint. Die MLF war ihm eine Herzensangelegenheit, weil die Arbeit das war, »was ich eigentlich immer wollte«, wie er mir einmal sagte.

Seine Begeisterung steckte viele Menschen an. Im Verband standen in seinen letzten Jahren oft viele auf den Tischen und klatschten »Rudi, Rudi...!«. Im Alter wusste er rheinisch-fröhlich die Feste zu feiern, wie sie fielen, immer ein generöser Gastgeber und humorvoller Erzähler. Zu seinem 86. Geburtstag war ich bei ihm zu Hause eingeladen.

Ich hatte Rudi Holterman in Hamburg im November 1991 bei der 106. MLF-Tagung kennen gelernt.

Seine rheinische Frohnatur war in Verbund mit der damaligen Präsidentin Elly Stüttgen eine große Bereicherung für den MLF. Viele selbständige Edeka-, Rewe-, Spar-Kaufleute fanden hier neben dem beruflichen Erfahrungsaustausch auch Kraft und Freude für ihren Berufsalltag. Gemeinsame Besuche von Kopenhagen, Wien, Amsterdam und vielen deutschen Städten gehörten dazu.

»Et hätt noch immer jot jejange«, versicherte sich Rudi Holterman vor jedem der zweimal jährlich von ihm organisierten Branchentreffen.

»Wenn man mit Herzblut MLF-Tagungen organisiert, bangt und zweifelt man bis zum letzten Tag«, schrieb er mir in einem Brief am 7. Mai 2001.

Mein Engagement für SOS Kinderdorf und die »Interessengemeinschaft FÜR gesunde Lebensmittel« fand bei ihm großes Interesse. Geistig aufgeschlossen und jung geblieben zeigte er uns, dass es möglich ist, bis ins hohe Alter für viele Menschen eine große Bereicherung zu sein.

Von der 107. MLF-Tagung im Mai 1992 bis zu seiner letzten MLF-Tagung im November 2003 – wenige Wochen vor seinem Tode – hatten wir besonders viel Kontakt. Wieder erlebte ich seine große Gewissenhaftigkeit und seine Hartnäckigkeit, mit der er sich um alles kümmerte:

»Die Busabfahrtspläne fehlen noch – wann kommen sie?«
»Gibt es noch weitere Programmänderungen?«
Seine militärisch knappen Durchsagen: »07:00 Uhr Wecken, 08:00 Uhr Frühstücken, 09:00 Uhr Abfahrt« humorvoll, aber so bestimmt gemeint, wie sie vorgetragen waren, werden wir »MLFler« nicht vergessen.

»Sie leben ihre eigene Legende, aber den Heiligenschein bekommen Sie erst später«, sagte ich ihm im November 2003 zu ihm.

Am 2. Januar 2004 durfte ich ihm beim Gottesdienst im Neusser Quirinius Münster und am Familiengrab die letzte Ehre erweisen.

»Er hat das Ziel erreicht, auf das hin wir alle noch unterwegs sind«, waren die Abschiedsworte von Oberpfarrer Msgr. Dr. Schelauske.

Danke Rudi für Ihr positives Beispiel!

»Wir begegnen
so oft dem Geistreichen,
ohne uns mit ihm zu unterhalten,
dem Gelehrten, ohne von ihm zu lernen,
dem Gereisten, ohne uns zu unterrichten,
dem Liebevollen,
ohne ihm etwas Angenehmes zu erzeigen!«

Johann Wolfgang von Goethe

»Was wäre ich denn,
wenn ich nicht immer mit klugen Leuten
umgegangen wäre und von ihnen gelernt hätte?

Nicht aus Büchern, sondern durch
lebendigen Ideenaustausch,
durch heitere Geselligkeit lernen wir.«

Johann Wolfgang von Goethe

Rhöner Salami und Schinken für »unseren« Papst Benedikt XVI.

»Lass doch den Papst in Ruhe, der hat doch wahrlich Wichtigeres zu tun, als deine Salami-Pakete auszupacken. Weltweite, schwierige Aufgaben warten auf Papst Benedikt XVI.«

Das in etwa sagte mein Chef zu mir.

Ich meinte, er werde mein Päckchen mit »Mitteln zum Leben« doch sicher nicht Sonntagnachmittag selber auspacken – er habe doch ein Staatssekretariat im Vatikan.

Vielleicht dachte mein Chef: Dieser hartnäckige Sedlmaier lässt sich das Lebensmittel-Spezialitäten-Paket doch nicht ausreden. Jedenfalls sagte er zu mir: »Wenn es dir Freude macht, so schicke diese Spezial-Stärkung.«

Unser Chef-Metzger Erich Michel und ich packten das Papst-Päckchen mit besonderem Brief, Rhöngut Salami und Schinken aus dem 800 Meter hohen Biosphärenreservat von glücklichen Bio-Schweinen, die ihren ersten Geburtstag erleben durften. Wir legten mein neues Büchlein »Begegnungen – alles wirkliche Leben ist Begegnung« bei und, das Allerwichtigste, wir baten um den »Apostolischen Segen« für alle Mitarbeiter/innen und Kunden unserer Lebensmittelfirma tegut... und die IG FÜR...-Vereinsmitglieder.

Wird das Päckchen ankommen?

Wir warteten neugierig. –

Schon die Polen hatten wiederholt »ihrem« Papst Johannes Paul II. aus Eigeninitiative polnische Lebensmittel zugesandt.

Wir dachten uns, was die Polen können – das schaffen wir auch.

Am 9. Juli 2005 kam tatsächlich ein Brief aus dem Vatikan, unterzeichnet von Monsignore Gabriel Caccia.

Das Schreiben schließt mit den Worten:

»Als Unterpfand reicher himmlischer Gnaden erteilt seine Heiligkeit Papst Benedikt XVI. Ihnen auf die Fürsprache der Apostelfürsten Petrus und Paulus von Herzen den Apostolischen Segen.«

Die Fuldaer Zeitung meinte dazu: »Eine Rhönsalami und ein Rhöner Schinken habe der Bitte um den Apostolischen Segen besonderes Gewicht verliehen.«

Vielleicht rollt nun eine Salami- und Schinken-Päckchen-Welle verschiedener hessischer Metzger gen Rom?

Rosen für den Dalai Lama
»Schafft er's oder schafft er's nicht?«

»Das fragten sich die Mitarbeiter von Georg Sedlmaier, Vorstandsmitglied von tegut..., als ihr Chef der Einladung von Ministerpräsident Roland Koch am 28. Juli 2005 nach Wiesbaden folgte, um dem Dalai Lama persönlich Rosen, sein neues Buch »Begegnungen« sowie eine Spende für ein SOS-Kinderdorf zu übergeben«, so schrieb am 3. August 2005 die Fuldaer Zeitung.

Zwei Jahre vorher hatte sich der Dalai Lama schriftlich mit mir als dem Gründer der internationalen Interessengemeinschaft FÜR gesunde Lebensmittel e. V. (IG FÜR...), solidarisiert.
Zu einer ersten persönlichen Begegnung kam es für mich nun anlässlich des Festes »Freunde für einen Freund«.

Die Begegnung mit dem Kirchenoberhaupt war für mich so spannend wie eine kleine Kriminalgeschichte. Die Einladung des hessischen Ministerpräsidenten reichte noch nicht aus, um »seine Heiligkeit« persönlich zu treffen, schließlich waren zum Festakt weitere 1360 Gäste ins Wiesbadener Kurhaus geladen.

Zuerst wollte ich für den Friedensnobelpreisträger weiße Rosen kaufen. Dann erinnerte ich mich an meine nächtliche Schifffahrt am Ganges bei Varanasi (früher Benares genannt) in Indien. Dort entzündet der älteste Sohn, weiß gekleidet, das Totenfeuer. Die Farbe weiß könnte also missverstanden werden. Rot und Gelb – die Farben des Gewandes des Kirchenoberhauptes – werden sicher passender sein.

Ausgerüstet mit 40 Rosen, meinem Buch »Begegnungen« und einem Kuvert mit einer Spende für tibetanische Waisenkinder im SOS-Kinderdorf und einem Text der IG FÜR... – mit Sorgen der Bio-Bauern – fand ich mich bereits eine Stunde vor Beginn des Festaktes am Veranstaltungsort ein.

Als erster wollte ich dort sein, um direkt auf den Dalai Lama zugehen zu können. Ich bat zwei bereits anwesende Herren, mit meinen beiden Fotoapparaten Fotos vom Dalai Lama und mir zu knipsen.

Wenn der Dalai Lama stehen bleibt, bleiben alle stehen, durfte ich mit Freude feststellen. Mein Plan ging also auf, so dass ich etwa drei oder vier Minuten Zeit hatte, meine Präsente zu überreichen, dem tibetanischen Kirchenoberhaupt zu seinem 70. Geburtstag zu gratulieren und meine Botschaft im Namen der IG FÜR...,die sich für »ein Leben und Essen im Einklang mit der Natur« einsetzt, zu überbringen.

Kollegen wollten Wetten abschließen, ob ich es tatsächlich schaffen würde, mich bei seiner Heiligkeit persönlich für die große ideelle Unterstützung der IG FÜR... zu bedanken. Dagegen zu wetten, hat sich dann aber doch keiner getraut.

Der Dalai Lama bedankte sich mit dem Wort »Tustitschki – Danke«.

Die Fotos zusammen mit dem Dalai Lama und dem Ministerpräsidenten Roland Koch wurden tatsächlich erfreulich gut.

von links: Georg Sedlmaier, HIS HOLINESS the Dalai Lama,
Ministerpräsident Roland Koch

Begegnung mit der bayerischen »First Lady« Frau Karin Stoiber

Am 2. Dezember 2005 gab es in München einen Festakt und Staatsempfang anlässlich des 50. Jubiläums von SOS-Kinderdorf e. V. in Deutschland.

Meine Frau und ich wurden vom deutschen SOS-Vorstandsvorsitzenden, Prof. Dr. Münder, eingeladen.

Das zentrale Parkhaus, nahe der Münchener Residenz, zeigte »Besetzt«. Eine lange Autowarteschlange befand sich vor unserem Auto. Ich wurde »kribbelig«. Wir befürchteten, zu spät zu kommen. Fast in letzter Minute eilten wir zur Münchener Allerheiligen-Kirche in der Residenz.

Im Laufen rief meine Frau mir noch zu: »Du hast die falschen braunen Schuhe an, warum hast Du die passenden schwarzen im Auto nicht angezogen? Du lernst es auch nicht mehr!« Ich sagte mir: Jetzt ist es schon zu spät zum Schuhewechseln, einfach nicht nach unten schauen.

Mit Glück erhielten meine Frau und ich sogar Plätze in der 3. Reihe. Ich dachte mir, dass dürfte eine gute Startposition für ein Gespräch mit dem bayerischen Ministerpräsidenten Edmund Stoiber und seiner Frau Karin sein.

Ich war gerüstet mit einem Paket mit Bio-Lebensmitteln, Bio-Salami von ›glücklichen Schweinen‹ aus dem Rhöner Biosphärenreservat, Bio-Brot, Bio-Rotwein, meinem Büchlein »Begegnungen« und einem eigenen Brief der IG FÜR... an den bayerischen Ministerpräsidenten Stoiber. Ob die Begegnung klappen wird? Hoffentlich verlässt das Ehepaar Stoiber nach den offiziellen Ansprachen nicht sofort die Räume und eilt zum nächsten Termin. Werden meine farblich unpassenden Schuhe stören?

Neben verschiedenen Ansprachen und Grußworten, auch von Helmut Kutin, Präsident von SOS Kinderdorf International, und Herrn Ministerpräsidenten Edmund Stoiber beeindruckten uns die musikalischen Darbietungen der Kinder des SOS-Kinderdorfes Ammersee-Lech.

Eine Instrumentalimprovisation »Dschungel« – Erwachen des Urwaldes, wurde von den SOS-Kindern besonders großartig intoniert.

Nach dem Festakt folgte der Staatsempfang in Münchens »guter Stube«, dem Antiquarium, mit bemalten und stuckiertem Tonnengewölbe und vielen historischen römischen Herrscherbüsten.

Ich sah das Ehepaar Stoiber ziemlich nahe. Das war meine Chance. Ich konnte meine Lebensmitteltüte überreichen und die Vorteile der Bio-Lebensmittel erläutern. Frau Karin Stoiber hörte meinen Argumenten und Ausführungen länger zu. Ich fragte Sie: »Meinen Sie, dass wir es schaffen, Ihren Mann auch zu einem gemeinsamen Foto zu gewinnen?« Sie rief: »Edmund, kannst Du bitte mal kommen?« Der Hof-Fotograf knipste drei herrliche gemeinsame Fotos. Nun wollten natürlich andere Festgäste mit dem Ehepaar Stoiber sprechen. Später schaffte ich es, ein zweites Gespräch mit Frau Karin Stoiber zu führen, welche mir auch aufmerksam zuhörte. Ich warnte vor Bestrebungen in der Bundespolitik, die Agro-Gentechnik von der Verursacherhaftung freizustellen. »Dies wird wenigen Firmen ermöglichen, mit uns zu experimentieren, ohne dafür die Folgen tragen zu müssen.«

»Nehmen wir ein bayerisches Dorf mit drei verschiedenen

Landwirten als Beispiel. Landwirt A will wie seine Vorfahren weiterhin seine Feldfrüchte konventionell anbauen und ernten. Landwirt B pflegt seit zehn Jahren den Bio-Landbau resourcenschonend. Landwirt C glaubt der Werbung der Agro-Gentechnik: ›Keine Käseglocke über Deutschland, mehr Ertrag, weniger Arbeit, weniger Herbizid-Spritzmittel.‹

– Nach drei bis fünf Jahren tritt aber, wie bei amerikanischer Gensoja oder Genmais, Resistenz ein und es müssen viel mehr Herbizide gespritzt werden. Ich meine, wir müssen darauf achten, dass das Grund- und Regenwasser ganz senkrecht abfließt und die Nachbarn A und B nicht beeinträchtigt. Das gibt sonst Streit.«

Frau Karin Stoiber sagte zu mir: »Auch der Wind muss beachtet werden, wegen Pollenflug.« – Sie hatte aufmerksam mitgedacht. »Das darf es nicht geben, dass die Verursacherhaftung entfällt, das hätte ungeahnte Folgen. Bitte, bitte sprechen Sie mit den zuständigen Staatsministern. Sie dürfen meinen Namen verwenden.«

Innerhalb der drei Stunden in der Münchener Residenz hatten wir noch ein drittes Agro-Gentechnik-Gespräch zusammen. Wir verabschiedeten uns mit einem kräftigen Händedruck und einer Aufmunterung von Frau Karin Stoiber zum Ministergespräch.

Ich konnte auch mit Helmut Kutin und anderen leitenden Persönlichkeiten von SOS-Kinderdorf sprechen. Die eindeutige Benachteiligung von Bio-Produkten durch ein Kippen der Verursacherhaftung trifft auch manches SOS-Kinderdorf mit Bioland-Landwirtschaft.

Zu meiner Freude wurde auch Helmut Kutin, SOS-Kinderdorf-Präsident neues IG FÜR...-Ehrenmitglied. Er ist in 130 Ländern der Erde positiv bekannt.

Gott sei Dank, auf keinem Foto sieht man meine unpassende Schuhfarbe.

Georg Sedlmaier im Gespräch mit Edmund und Karin Stoiber in der Münchner Residenz.

Die Überraschung war gelungen

Bei der großen IG FÜR...-Jahrestagung am 21. Oktober 2005 übernahm Landrat Fritz Kramer die Schirmherrschaft. Ich erwartete bei seinem abendlichen Besuch ein kurzes Grußwort an die anwesenden IG FÜR...-Mitglieder. Der Landrat aber meinte, ich solle mich hinsetzen. Ich folgte. Bis zur letzten Minute ahnte ich nicht, was auf mich zukommen sollte.

Alle IG FÜR...-Mitglieder bemerkten, wie es Landrat Kramer »ein diebisches Vergnügen« bereitete, mich zu überraschen.

Schließlich wandte sich der Landrat mir zu und sagte: »Herr Sedlmaier, Sie haben die Auszeichnung mit dem Landesehrenbrief von Hessen verdient. Sie sind ein unverwechselbares Original, ein grenzenloser Optimist und ein Mann mit Herz, der dieses Herz auch ständig auf der Zunge trägt. Sie haben sich als jahrzehntelanger, aktiver Förderer der SOS-Kinderdorf-Bewegung verdient gemacht. Binnen 20 Jahren haben Sie mehr als eine halbe Million Euro gesammelt. Wenn Sie eine gute Sache entdeckt haben, sind Sie durch nichts aufzuhalten und durch nichts zu erschüttern.« – beschrieb Kramer mich, den Geehrten, in seiner launigen Laudatio.

Doch eine Eigenschaft zeichne mich besonders aus: »Sie lieben die Menschen. Eine Begegnung mit ihnen empfinden Sie immer wieder neu als persönliches Geschenk – und das lassen Sie ihr Gegenüber spüren.«

»Sedlmaier, der auf permanente Kommunikation eingeschworen sei, gelingt scheinbar alles, was er anpackt – auch Unmögliches, wie etwa das unglaubliche Kunststück, den Dalai Lama dazu zu gewinnen, die IG FÜR... öffentlich zu unterstützen.« –

»Sie suchen auch bei einer Kuckucksuhr beim Kuckuck nach den Eiern und Sie finden auch welche.«

Kein Wunder, dass ich nach dieser überraschenden Urkundenüberreichung ganz gerührt war und kaum Worte fand. Ich meinte nur: – »Die Auszeichnung ist eine Stärkung für die IG FÜR..., für die SOS-Kinderdörfer und für uns alle.«

»Sie sind ein unverwechselbares Original mit einem unerschütterlichen, grenzenlosen Optimismus und einer allgegenwärtigen Kommunikation« – mit diesen Worten war die Überraschung des ersten Abends der Jahrestagung der IG FÜR... perfekt. Landrat und Schirmherr der diesjährigen Veranstaltung, Fritz Kramer, überreichte dem Gründer und Motor der Interessengemeinschaft FÜR gesunde Lebensmittel, Georg Sedlmaier, den Ehrenbrief des Landes Hessen.

Patenkind-Besuch und Trinkwasser-Brunnen Einweihung in Sri Lanka

Ein Terrorangriff auf einen vollbesetzten Bus mit einheimischen Zivilisten vier Wochen vor unserem geplanten Sri Lanka Besuch verunsicherte uns doch sehr. Ein Zeitungsbericht formulierte sogar: „Die Gewalt eskaliert in Sri Lanka."

14 Paten der Kinderhilfe Sri Lanka e.V. Fulda starteten Mitte Juli 2006 zusammen mit meiner Frau Marianne und mir ab Frankfurt zu 9 ½ Stunden Flug ins 8.000 km entfernte Colombo, ins Land der 3.000 Elefanten, mit viel Natur und Kultur. Wie würde das erstmalige Treffen mit unserem 8-jährigen Patenbuben und seiner Familie werden? Wie würde der neu gebohrte Trinkwasserbrunnen aussehen? Welchen Nutzen für 35 Familien im Dorf Kekirawa im Landesinneren würde er stiften können? Es kam alles anders.

Durch den stark sozial engagierten Reisewelt-Unternehmer Joachim Teiser und seinen Reiseleiter Ivor vanCuylenburg wurde ich auf die Kinderhilfe Sri Lanka e.V. Fulda aufmerksam.

Nach einigen kulturell sehr interessanten Besichtigungsstationen nahte nun der Tag des Dorfbesuchs Kekirawa. Die Pateneltern sollten nun „ihre" Patenkinder treffen.

Nur vom Foto kannten wir „unser" Patenkind „Nimantha". Nimantha kam zusammen mit seiner 29 jährigen Mutter. Wir begrüßten uns mit „Ayubowan" (= „Leben Sie lange") und gefalteten Händen und Verneigung. Wir übergaben kleine Patengeschenke. Es folgte ein gemeinsames Mahl im vom Verein erbauten Gemeindehaus und daneben liegendem, ebenso vom Verein initiierten, Kindergarten. Dank der Sprachübersetzung durch den überaus engagierten und hilfsbereiten Ivor vanCuylenburg, unserem Reiseleiter und Gründungsmitglied der Kinderhilfe e.V., erfuhren wir schnell den familiären Hintergrund unseres Patenkindes. Sein Vater ist Bauer und verdient für seine

Familie zusätzlich als Bauhilfsarbeiter einen kargen Lebensunterhalt. Nimantha ist im dritten Schuljahr, lernt fleißig und liebt Mathematik. Sein Ziel ist es, einmal Arzt zu werden. Seine Mutter hatte zwei Jahre bei einer Polizistenfamilie in Saudi Arabien im Haushalt gearbeitet „um Schulden abzubauen". Der erste familiäre Kontakt wurde dank eines kleinen improvisierten Fußballspieles mit Bravour geschafft. Ich bemerkte wie aktiv und aufmerksam Nimantha den Ball verfolgte und Treffer erzielte.

Der achtjährige singhalesische Bub Nimantha mit seinem Paten Georg

Brunnen-Einweihungs-Feier

Zwei Tage später, am Donnerstag, dem 20. Juli 2006, war für 14:12 Uhr nun von dem buddhistischen Priester-Mönch der ideale Einweihungsfeier-Zeitpunkt ermittelt worden. Was nun folgte, überraschte alle deutschen Pateneltern überaus. Es startete ein großes Dorffest mit Festumzug, Trommeln und Flöten. Kindergartenkinder, Schulkinder und Dorfbewohner waren festlich gekleidet. Sie bildeten ein Spalier für den Priester-Mönch Pathana Pala, Ivor und die Pateneltern. Kinder überreichten als Begrüßung Blumenkränze für die Pateneltern. Meine Frau und ich erhielten als Brunnenstifter eine extra geflochtene Kranzkette mit Quaste umgehängt. Am neuen Brunnen war eine Granit-Gedenktafel eingemauert. Ein kleiner Leinenvorhang durfte von mir unter Trommelwirbel zur Seite geschoben werden. Die von mir gegründete „Internationale Interessensgemeinschaft FÜR gesunde Lebensmittel e.V." und auch mein Name waren eingemeißelt. Ebenso ist der Spruch: „Im Wasser ist Leben" von Pfarrer Sebastian Kneipp zu lesen. Nun folgten Gebete des buddhistischen Priestermönches Pathana Pala zur Brunneneinweihung.

Die Pateneltern, meine Frau und ich durften das erste Trinkwasser aus dem über zehn Meter tiefen gut gemauerten Brunnen mittels Schöpfeimer, Metallrolle und langem Seil in Wasseramphoren gießen. Es folgten Ansprachen des buddhistischen Priestermönches und von mir.
Ivor übersetzte meine Ansprache wie auch den 2.800 Jahre alten Psalm von David: „Der Herr selbst ist mein guter Hirte, er führt mich auch zur frischen Wasserquelle."
Anschließend beteten wir ein gemeinsames „Vater Unser".
Ein neben dem Brunnen neu erbautes Ein-Raum-Häuschen für einen behinderten Mann wurde ebenso neu eingeweiht. Ich durfte mit einer kleinen Schere das rote Band an der Haustüre

durchschneiden und an der Feuerstelle das erste Feuer anzünden. Der erste Reis wurde gleich darauf gekocht. Dieser Mann, welcher vorher nur das sprichwörtlich „5. Rad am Wagen" war, hatte als Brunnenwärter nun eine sehr sinnvolle Aufgabe erhalten.

„Möge der neue Trinkwasser-Brunnen für viele Männer, Frauen und Kinder für viele Generationen stärkendes, erfrischendes Lebenselixier sein." „Im Wasser ist Leben und Heil" waren meine Wünsche.

Nun folgten eine große Anzahl von den Kindergärtnerinnen mit vielen Kindergruppen, liebevoll einstudierte Tänze und Gesänge. Ein wahrhaftes Festprogramm und eine ungewöhnliche ökumenische Feier mit buddhistischen Gesängen und Gebeten wie auch christlichen Gebeten war nach etwa 1½ Stunden für uns alle beeindruckend abgeschlossen. Der buddhistische Priestermönch Pathana Pala war ebenso wie alle Dorfbewohner dankbar für das so gut schmeckende Brunnenwasser, von dem wir uns überzeugen konnten. Es war als großes Glück bezeichnet worden, gleich den ersten geeigneten, nicht felsigen Brunnen-Bohrplatz gefunden zu haben.

Auf dem Rückweg ergriff auf einmal „mein" Patenjunge „Nimantha" von selber meine Hand und hielt sie fest. Der „Funke" war übergesprungen. Das war der schönste Dank.

Georg Sedlmaier bei der Einweihung eines von der IG FÜR...
gestifteten Brunnens in Sri Lanka

Besuch im Patenkind-Elternhaus

Bei einem Besuch in seinem bescheidenen, aber sauberen El-
ternhaus zeigte mir Nimantha die gemeinsame Schlafstelle mit
seinen Eltern und mit Stolz seine Schulhefte.
Er hatte sogar in leuchtenden Farben den neuen Brunnen mit
Schöpfeimer in seinem Schulheft gemalt.
Am darauf folgenden Sonntag trafen wir uns beim Buddha
Zahntempel Dalada Maligawa in Kandy, einem der größten
buddhistischen Pilgerziele.
Von weitem sah ich schon, wie sich Nimantha freute. Er war zu-
sammen mit seiner Mutter Ananda Kumarusinghe gekommen.
Zu unserer großen Überraschung durften wir im Tempel-Inner-

sten an der großen siebenfachen herrlichen Gold-Ummantelung des Buddha-Zahnes gemeinsam ein symbolisches Lotusblumen-Opfer bringen und uns für unsere „Begegnung zweier Kulturen" beim Allerhöchsten bedanken. Es war eine große Ausnahme und Anerkennung für unser Sozialengagement, dass uns der Oberpriester bis zum Allerheiligsten vorließ. Da ich einen schmerzenden rechten Fuß hatte und hinkte, bemerkte ich, wie Nimantha um mich besorgt war und auf einmal mit beiden kleinen Händen meinen Arm hielt, gleichsam als moralische Stütze und Halt.

Nach dem Tempelbesuch stand der große botanische Garten mit uralten Bäumen und tausenden von Flughunden auf unserem gemeinsamen Programm. In Formen und Figuren geschnittene Bäume und Sträucher sowie Rosenportale erstaunten Nimantha so sehr, dass er unbedingt mit seinen kleinen Händen diese seltsamen Baumwunder betasten musste.

An einem Andenkenstand wünschte er sich ein kleines Buddha-Bild mit baumelnden Glöckchen unten dran, um es zu Hause an die Wand zu hängen.

Als dann der Abschied kam, wischte er sich etwas verstohlen eine Träne aus dem Auge. Wir werden unsere Begegnung wohl ein Leben lang nicht mehr vergessen.

Ob wir uns wieder einmal sehen werden, wissen wir nicht. Aber Erinnerung ist viel, ist alles und kann uns nicht mehr genommen werden.

„Sumedankapura" – Ein neues Dorf für Tsunami Opfer

Nach der furchtbaren Tsunamikatastrophe Ende 2004 hatte die Kinderhilfe Sri Lanka e.V. Fulda ein neues Dorf für 40 Familien, welche nach der Flutkatastrophe alles verloren hatten, im sicheren Land bei Trincomalee, etwa sieben km vom Unglücksort entfernt, mit privaten Spendengeldern erbaut.

Zusammen mit unserem Reiseleiter Ivor vanCuylenburg und weiteren vier Pateneltern besuchte ich an einem Julitag das völlig neu entstandene Dorf. Wir waren sehr positiv überrascht: 40 eingeschossige Häuser mit jeweils 50 m² Wohnfläche, aufgeteilt in vier helle Räume, boten sich unseren Blicken. Die meisten Familienhäuser waren bezugsfertig und warteten auf die bereits bekannten Tsunami geschädigten Familien. Es gibt einen Wohnraum mit einem Rundbogen-Durchgang zur Küche mit Feuer- und separater Wasserstelle. Ferner sind zwei Schlafräume mit eigenen Türen vorhanden. Die Toilette befindet sich in einem extra ausgebauten Raum rückwärts.

Vor der Eingangstüre mit Vordach ist ein kleiner befestigter Vorplatz mit künftigem Garten.Fenster und Türen sind aus beständigem Mahagoniholz gefertigt. Die Häuser haben unterschiedliche sehr freundliche Farbanstriche. Die Stromversorgung ist bereits gesichert. Der Verein Kinderhilfe Sri Lanka e.V. Fulda hat in Eigeninitiative in schwierigen Verhandlungen mit Regierungsstellen das Grundstück für die 40 Familienhäuser gratis erhalten.

Die Dorfbewohner brauchen nur die laufenden Verbrauchskosten wie Strom und Wasser zu entrichten und für die Instandhaltung und Pflege der Häuser zu sorgen.

Der Verein zahlte pro Familienhaus einen Festpreis von 5.000 € mal 40 Häuser ergibt für das Dorf 200.000 € insgesamt.

Daneben baute das japanische Rote Kreuz weitere Familienhäuser mit je 50 m² Wohnfläche. Das fertige Dorf zeigt deutlich, wie verantwortungs- und kostenbewusst der gemeinnützige Verein Kinderhilfe Sri Lanka e.V. Fulda mit den Spendengeldern vieler bekannter, wie auch unbekannter Spender zielorientiert handelt.

Es war uns eine große Freude, das schön am Berghang gelegene neue Dorf zu bewundern.

Ungeplanter Besuch im SOS Kinderdorf in Nuwara Eliya im Bergland in 1.800 m Höhe

An einem Wochentag im Juli, abends 17:00 Uhr, fragten wir bei dem SOS Kinderdorfleiter Herrn Divakar Ratnadurai an, ob wir „seinem" Kinderdorf einen Besuch abstatten dürfen.
Außer in Nuwara Eliya gibt es noch 5 weitere SOS Kinderdörfer in Sri Lanka. Manche Teilnehmer unserer 14 Personengruppe sahen das erste Mal ein SOS Kinderdorf. Wir erlebten eines der SOS Familienhäuser in dem 9 Waisenkinder mit „ihrer" SOS Mutter familiennah zusammenleben. Manche Kinder spielten auf dem nahen Sportplatz Fußball. Im Gemeinschaftshaus waren viele Kinder zum Gebet versammelt. Sie saßen im „Schneidersitz" auf Bodenmatten. Im Gemeinschaftsraum war an einem Tag Gottesdienst in buddhistischer Form, am nächsten Tag im Hindu Ritus. Wieder einmal erlebte ich die umfassende Toleranz von SOS Kinderdorf allen Weltreligionen gegenüber. Die Kinder werden trotz einer christlichen Gründungsidee in den Religionen ihrer Herkunft und Verwandtschaft erzogen. Das SOS Kinderdorf wirkte sehr freundlich, sauber und herzlich. Wir erlebten eine echte Wohlfühlatmosphäre.
Nach zwei Wochen erlebnisreicher Sri Lanka Rundreise ließen wir diese großartige Patenelternreise noch einmal Revue passieren.
Für uns Pateneltern war es eine einmalige innige Erfahrung „unser" Kind persönlich kennen zu lernen und in die Arme zu nehmen.
Mit Freude konnten wir bestätigen, wovon schon die alten Seefahrer schwärmten: „Land der Lotusblüte, Insel der Götter, Perle im Indischen Ozean".
Unsere Patenelterngruppe fühlte sich alle Zeit wohl und sicher. Sri Lanka ist mehrere Besuche wert.

Zur Person

Georg Sedlmaier (Jahrgang 1945) ist seit 39 Jahren verheiratet, hat 2 verheiratete Töchter und 4 Enkelkinder.

Zu den beruflichen Stationen des Lebensmittelkaufmannes Georg Sedlmaier zählen namhafte Lebensmittelunternehmen wie Edeka, Rewe, Feinkost Dallmayr, Feneberg Lebensmittel in Kempten/Allgäu und seit Ende 1990 als Vorstandsmitglied die Firma tegut... gute Lebensmittel in Fulda/Hessen.

Er ist Gründer der internationalen Interessengemeinschaft FÜR... gesunde Lebensmittel e.V. – gemeinnützig.
Solidarisiert haben sich der Friedens-Nobelpreisträger Dalai Lama, der Bergsteiger und Grenzgänger Reinhold Messner, die Doppel-Olympiasiegerin von Salt Lake City Kati Wilhelm, Dr. Franz Alt und viele andere Persönlichkeiten.

Seit 25 Jahren setzt er sich für die SOS-Kinderdörfer weltweit ein und sammelte in dieser Zeit Spendengelder für 7 SOS Familienhäuser.

Herausgeber:

die Internationale Interessengemeinschaft FÜR gesunde
Lebensmittel e. V.
– gemeinnützig anerkannt –

kurz „IG FÜR...“
Postfach 1175
36121 Eichenzell

Der Verkaufserlös ist für die Ziele der Interessengemeinschaft,
kurz „IG FÜR...“, bestimmt.
„Bewusstseinsbildung für Lebensmittel als „Mittel zum Leben“.
„Leben und Essen im Einklang mit der Natur.“

Georg Sedlmaier
Buchautor

im September 2006